「……どうなっても知りませんよ、父さん」
「掠り傷ひとつでもつけられたら褒めてやろう」

カキュー
下級悪魔に転生した元日本人。家族を守るために暗躍することも。
エルザ
アルスを育てるために、契約した妻。実は、人類最高峰の暗殺者。
アルス
滅亡した村の唯一の生き残り。実は、伝説の勇者。カキューに憧れている。

メルメル
自称スーパーエリートの天使。世界各地で謎の幼女としての噂が広まっている。
ガイウス
元は高位の戦士。使用人としてカキューたちに仕えている。
アマンダ
S級冒険者。グルメハンターの二つ名を持つ。ガイウスのことが好き。
ハーデス
魔族の王太子。魔王との親子喧嘩をきっかけに、家を飛び出してきた。アルスの恋人。

「……なあ、見てるか、みんな。アルスのやつ、これからまだまだ立派になるぜ」
あの日の誓いを思い出す。
あの赤ん坊をこの世界を救うくらいの男にすると決意した、あの日のことを。
世界で一番幸せな男にすると約束した、村人たちの魂《えがお》を。
——転生悪魔の最強勇者育成計画。
そう。それこそが、俺の交わした約束《ねがい》の名前だ。

転生悪魔の最強勇者育成計画

Reincarnated Devil's Plan for Raising the Strongest Hero

3

Tamagokake Candy
著：たまごかけキャンディー

Nagahama Megumi
イラスト：長浜めぐみ

Contents

プロローグ

楽しい時間というのは、なぜこうも早く過ぎ去るものなのだろうか。

異世界に飛ばされてスローライフを送ろうかと思えば、交友のあった村で生き残りの赤子を拾い。

そんな赤子を拾ったかと思えば、今度は俺の愛する妻となるダークエルフの女性と出会い、三年後には頼りがいのある部下もできた。

そんな中で赤子も次第にすくすくと成長していき、五歳、十歳、と歳《とし》を重ねていくたび仲間ができて、友達ができて、恋人ができて……。

そしてついに先日、アルスが十三歳となったのであった。

「感慨深いな……。あの小さかったアルスが大きくなって、成人するまでもうあと一年か……」

「ええ、そうですね旦那様」

今も庭で必死に剣を振り、まだどこか幼さを残しつつも、昔とは比べ物にならないほどに精悍《せいかん》な人間に成長した我が息子は、日本で言えばもう中学一年生。

この世界で言えば、あと一年で表向きには親の庇護《ひご》下を脱する、準大人だ。

その成長著しいアルスの変化は肉体のみならず精神にも確かな影響が表れていて、ちょっと前まては自らの前で好き好きオーラを全開にさせる恋人相手に、純粋無垢《むく》な子供らしい反応を返していたものの、今では……。

「ほらアルス、汗かいただろ。タオル持ってきたぞ」

「ああ、ありがとうハーデス。いつも助かるよ」

「あっ、んっ……。ちょ、ちょっと……。誰かが見てたら恥ずかしいだろっ」

などなど、剣術の練習の合間に甲斐甲斐《かいがい》しく世話を焼いてくれるハーデスの頭を優しくなでて、既にメロメロになってしまっている恋人に追撃のダイレクトアタックをかますイケメンに成長してしまったのである。

まさにボーイミーツガール。

見ていてちょっと微笑《ほほえ》ましい、そんな一コマであった。

「ふふ。ハーデスが魔族だと知った時はどうなるかと思いましたが、あの子たちも仲良くやっているようで良かったです。でもちょっとだけ、今まで私たちのそばを離れなかったアルスが成長していってしまうことに、寂しさも感じますね……」

うんうん。

分かるよエルザママ。

でも、これが自然の摂理。

いずれ親離れしていく息子を見守る、親の役目というやつだろう。

なんだかんだでハーデスちゃんも少しだけ成長していて、十二、十三歳くらいだった見た目が今では十五歳くらいの姿にまで成長していっている。

まあ、ただ、なんというか……。

三年前、一時的に魔王として覚醒した将来の自分を確認して安心していたのか、なんなのか。

本人が期待していたボンキュッボンなバストサイズには全然届いていないようで、かなりやきもきしているみたいだけどね。

なんというかねぇ……。

確かに大人に近づいてはいっているのだが、胸だけが全く大きくならないんだよ、ハーデスちゃん。

な、なんでだろうね？

確かに未来の姿はバインバインでしたけども。

こればっかりは下級悪魔にも分からない。

生命の神秘、いや、魔王一族の神秘だな。

「それにしても、もう旦那様と出会ってから十三年ですか。長命種の私にとっては一瞬の時間でしたが、その……」

「ん？　なんだ？」

少しだけ言い淀《よど》んだエルザママに首を傾《かし》げ、デビルアイで心の内を見透かす。

この感情は、う〜ん、……「疑問」か？

うん、疑問とか、不思議とか、そんなイメージだな。

いったい何が不思議だというんだねエルザママさん。

「その、なんといいますか。旦那様が人間にしては全く歳を取った様子がなく、少しだけ不思議に思っております。私はもっと、人間というのは急激に加齢していくものだと思っておりました」

な、なるほどーーー!!

確かに!

確かに俺、全く歳取ってなかったわ!

やべぇ、完全にそのことを忘れてた!

どうしよう、今からおじいちゃんのフリするか!?

いやだめだ、そんないきなり見た目を弄《いじ》ったら別の意味で疑われる。

いっそのこと、俺が悪魔という異世界からやってきた新種族だということを明かしてしまおうか?

まあ別にそれでも周りのみんなは受け入れてくれるだろうけど、ふむ……。

そうだな。

バレたらバレたで、その時はその時だ。

別に今正体をバラしても、いつか誰かに気付かれてバレてしまっても、結果は同じだろう。

だったら別に何か対策を練るわけでもなく、適当に誤魔化しておけばいい。

よく考えたら、特に問題はなかったわ。

「うむ。まあ俺は若作りだからな。そういうこともあるだろう」

「そうでしょうか？」

「そうなのですよ」

「………………」

ほ、ほんとほんと。

若作りなのは間違いないから、そのジト目をやめてくださいエルザさん。

久しぶりに出現したツンデレのツン部分からの攻撃にちょっとドキドキしてしまいます！

ま、まあ何はともあれだ。

こうして様々な冒険を積み重ねながらも我が息子様は逞《たくま》しく成長し、成人まであと少しとなるこの期間を親友のエイン君や聖女ちゃん、そしてこの家族と一緒に過ごしているのであった。

それに成人したからといって、普段から記録しているアルスの大冒険、成長の録画をやめるということは一切ないわけではあるが、とにかく感慨深いということだな！

うん！

と、そんな感じでうまく心の中をまとめようとした時、突如としてそいつはやってきたのであった。

「ふぁいあーーー!!」

「うおぉぉぉっ⁉　な、なんだなんだ⁉」

突然魔法城の付近でとんでもない威力の炎が天高く立ち昇り、炎の余波でこの城全体を揺らした。

な、なんだ、なにが起きた！

ちょっと油断している間に、いきなりわけ分かんないことになってるぞ！

というか外に見える巨大な炎と、それを囲むような横木、そしてその燃料となる薪《まき》と龍脈のエネルギーはいったい……。

んん～？

もしかしてアレ、キャンプファイヤーか？

うん、間違いないね。

なんでかは分からないが、急に城の前で祭りが始まったらしい。

それにあの、龍脈をまるでガソリンをブチまけるかのようにして盛大に使うチビスケは、まさか……！

「功績の匂いがビンビンなのよ！　きっと、ここからあたちの物語が始まるような、そんなよかん！　ついにメルメル勝利の宴《うたげ》が始まった、ということなのね？　ＦＨＯＯＯＯＯ！」

「やめんかバカモンがぁーーーーー！」

ＦＨＯＯＯＯ！

じゃねぇから！

お、おま！

まさかとは思ったが、やっぱり二年前に盛大にやらかして、弾丸のような速度で逃げ出したチビスケじゃねぇか！

うちの庭でなにしてくれちゃってんのよもー！

あの龍脈の制御に失敗した経験から何も学んでいないのが恐ろしい！

ちょっとしたミスで自分が爆死することを恐れないその精神、下級悪魔はとっても恐ろしいです！

とりあえず取り押さえるから覚悟しろよチビスケ！

「な、なにをするのよ！　やめて！　変な人間があたちを捕まえにきたの！　今すぐこの手をはなすのよ！　あたちは悪いメルメルじゃないの！」

なんだよ悪いメルメルって。

メルメルには悪いやつと善いやつがいるのかよ。

いったい、どんな種族だ。

というよりも、こんなヤバいチビスケがこれ以上いてたまるか。

世界が灰になるわボケェ。

「いいや、お前は悪いメルメルだ。人の城で勝手にキャンプファイヤーをしちゃいけませんって、お父さんとお母さんに教わらなかったのか？　反省しなさい」

「あぅっ!?　け、景気づけようとしただけなの、違うの、信じてなの！」

今もなお自分は無罪であると主張するふてぶてしいチビスケにアイアンクローをかまし、反省を促す。

全く、どんな教育を施したらこんな幼女ができあがるんだろうか。

本人はただキャンプファイヤーで景気づけをしたかっただけだと主張していて、実際に悪意がないように見受けられるのが一番恐ろしいところである。

「ど、どうしたんですか父さん!?　今、凄《すご》い魔力が……！」

「どうしたおっさん！　今なにか、すげぇ音がしたぞ！」

「旦那様！」

「ご主人！」

そんなことを考えてチビスケにお仕置きをしていると、飛び出した俺の後を追ってきた城のメンバーが次々とやってきた。

さて、この状況、どう説明しようか……。

その後、突如として南大陸の拠点に来襲した凶悪なチビスケを取り押さえ、集まってきた皆で囲むこと数分。

だいたいの事情を察した俺たちは肩を竦《すく》め、やれやれといった様子でこの危険な幼女を見て呆《あき》れていた。

というのも、どうやらこのチビスケ、色々とやらかしてしまったために故郷から追放されてしまったらしい。

だからこその償いとして、現在は故郷に再び受け入れてもらうため、善い行いを重ねて功績を積む旅を続けていたというのが真相だったのだ。

デビルアイで見ても嘘《うそ》を言っている気配はないので、たぶん本当のことなのだろう。

だが、俺はこいつを追放した故郷に一言だけ物申したい。

こんなヤベーやつを無秩序に外の世界へ解き放つな、と。

いや、分かるけども！

この年齢不詳のチビスケが常識を知らなすぎるから、少しは世界を見て回れというその気持ちも分かるよ!?

でも、もうちょっと故郷の皆さんもやりようがあったと思うんだよなぁ～！

せめて気軽に龍脈は使っちゃダメだと、それだけでも教えてやって欲しかった。

そう思って俺が睨《にら》むと、アイアンクローをされっぱなしだったチビスケはいよいよ泣き出しそうになってしまう。

おっと、これはいかん。

ちょっと叱り過ぎたな。

「や、やめて欲しいの……。メルメルをいぢめないで欲しいの……。あなたのおうちで龍脈を使ったことは反省してるのよ？　今度からは気を付けるの。もうしないの。ぐすん」

「あ～、分かった分かった。イジメないから泣きやめチビスケ。強く叱ってしまって悪かったな」

龍脈の危険性をちゃんと教えてやったからか、本当に反省しているみたいだったのでアイアンクローから解放し頭をなでなでしてやる。

全く、本来なら天使や神々しか扱えない龍脈を操る幼女というだけでも厄介ごとなのに、まさか功績を積むための旅に出ているとはねぇ……。

反省はしたようだが、このままこいつを再び野に解き放ったらまずい気がする。

ちょっと、しばらく作戦を考えようか。

「ごめんねメルメルちゃん。でも、厳しいように見えるけど、父さんも君の身を案じて言ってくれていることだと思うんだ。ちゃんと反省はしなくちゃダメだよ？　ほら、なでなで」

少しキツく叱り過ぎてしまった俺の代わりに、まだぐずっているチビスケの頭をよしよしとなでるアルス。

おお、さすが我が息子様だ。

あのふてくされていた幼女が簡単に笑顔を取り戻したぞ。

さすが輝くイケメン。

アルスの優しいオーラはこんな時にも有効らしい。

「うい……！　とても強く、優しい神聖な気配を持つあなたがそう言うのなら、もうこのことは引

き摺《ず》ったりしないの。あたち、過去に囚《とら》われない女なのよね」

「い、いや、それはどうかと思うぜチビ……」

俺もハーデスと同様、少しは過去の失敗に囚われてくれと思わないでもないが、機嫌を取り戻しつつも心ではちゃんと反省しているみたいなので黙っておく。

だが、ハーデスの疑問は正しい。

間違いなく正しいと俺も思うぞ。

でもって、それはそれとして、今このチビスケは聞き捨てならないことを言ったな。

その、なんだ。

強くて優しい、神聖な気配とはなんのことだろうか。

いったいこいつには何が見えているんだ？

わたくしこと下級悪魔は、そこが一番気になります。

「で、その神聖な気配というのはなんだ？　うちの息子になぜそんなモノが備わっている？　お前に視《み》えているモノがいったいなんなのか、教えちゃくれないか？」

アルスになでなでされて機嫌を取り戻しているところを見計らって、今この場で一番重要なことを問いかける。

もしかしたらこのチビスケの口からの出まかせかもしれないが、しかし長年、嘘や騙《だま》し討ちといった悪魔特有の環境で生き抜いてきた俺の直感が、こいつは本気でこれを言っていると囁《ささや》いているのだ。

なにかが、怪しい。

するとチビスケは俺の質問に顔をキョトンとさせると、コテンと首を傾げた。

おい、俺にそんな「あなた知らないの？」みたいな顔されても困るぞ。

このことを知らないのはたぶん、俺だけじゃなくてこの場にいるメンバー全員だから。

別に下級悪魔が無知なわけじゃないからな、勘違いするなよ。

「ん～……。そうねぇ～。あなたにも分かるように説明すると～。神聖な力っていうのは、瞳の力。つまりブレイブエンジンのことなのよ。……様子を見る限り、この子のブレイブエンジンがまだ安定していないのよね～」

ふむふむ、と何かを探るようにアルスを観察し、時折ピョコンピョコンと跳ねまわるチビスケ。

いったいそれで何が分かるというんだとは思いつつも、話を最後まで聞いてみる。

「つまり、ちみにはまだ切っ掛けが足りないの。ブレイブエンジンは願いの力よ？　もっともっと、強く願う必要があるの。そうすると瞳の力も安定するのよ」

丸めた指を目に当てて、双眼鏡のようにしてアルスを覗《のぞ》き込むチビスケは語る。

だが、それを聞いた俺はますます何のことか分からなくなったぞ。

なんだその、願いの力？

ブレイブエンジン？

なにを言っているんだ、いったい。

お前は何を知っている……？

しかしそう問いかけようとしたところでチビスケは我に返ったのか、ハッ、とした表情で焦りだし周りの人間をキョロキョロと見回した。

色々と忙しいやつだなこいつ……。

「あっ、しまったなの！　この変な人間の口車に乗せられて、あたちが言っちゃいけないことを口走っちゃったのよ！　これは機密事項だったのよ？　だから、今のはなしなの！　忘れてなの！」

おいおい、人聞きの悪いやつだな。

俺は今回、特に悪魔の囁きとかそういう技術は使ってないぞ。

普通に聞いたらお前が勝手にポロポロと喋《しゃべ》りだしたんだが？

だが、それはそれとして、どうやらこの様子からして言っていることは本気《マジ》の本気《ガチ》情報だという確信を持った。

そもそも俺たちしか知らないはずの瞳の力が云々《うんぬん》と語っている時点で、何か重要なことを隠している可能性が高い。

アルスや他のメンバーもその気持ちは同じだったようで、より詳しくこのチビスケを問い詰めようとした、その時。

自らの危機を感じ取ったのか、ビクリと身体《からだ》を震わせたチビスケは後ずさり、逃げの態勢に入った。

「で、でも、今のちみには、これ以上なにを言ってもしょうがないの。無駄無駄、無駄、なの。とはいえ、ブレイブエンジンが発現する功績は大きいから、あたちがたまに様子を見にきてあげるのよ。頑張ってね、なのよ？　それじゃばいばいなの！　追ってこないでなのよー！」

じりじりと後ずさり、逃げの態勢のまま一息にそう捲《まく》し立てると、脱兎《だっと》の如《ごと》く、いや、弾丸の如き速度で一目散に逃げ去っていくのであった。

う～む。

あの後先考えない、逃げだけに徹する潔い姿勢。

あいつ、ずいぶんと逃げ慣れてるな。

ある意味あっぱれである。

「おいおっさん！　あのチビ逃げやがったぞ！　追わなくていいのか？」

「す、凄いスピードですね父さん。あの子はいったい何者だったのでしょう？」

うん、まあ追わなくてもいいと思うよ。

だって功績のために時々様子を見に来るとか言ってたしね。

こちらが無理に捕らえるよりも、待っていた方が質の良い情報を提供してくれそうだ。

「いいんじゃないか？　なんだっけ、あの、ブレイブエンジンだったか？　あの功績が惜しくて様子を見に来るそうだしな。ほっとけほっとけ。そのうちまた来るだろ」

そんな俺の言葉に納得した皆は頷《うなず》き、まあ、それならいいかという雰囲気になるのであった。

さて。

これにて一件落着、と、その前に。

ちょっとだけ懸念がある。

あのチビスケの言っていることが本当だとすると、アルスの黄金の瞳を覚醒させるためにはただの修行ではなく、もっと別のアプローチが必要らしい。

願いの力とやらがなんなのかは俺も分からないが、三年前の三魔将戦で見せた力が「仲間を守りたい」という強い願いの力によるものだったとしたなら、辻褄《つじつま》が合うのだ。

しかしそうなると、このまま拠点や教国といった、見慣れた土地ばかりに執着していても問題は解決しないだろう。

よって。

「よしアルス。お前ももうすぐ成人を迎えることだし、そろそろ旅を始めてもいい時期かもしれないな。しばらくしたらガイウスを同伴して、諸国漫遊の旅へと向かうんだ。父さんから離れて、自分の力で世界を見てこい。どうだ、やってみる気はあるか?」

……と、俺はそう問いかけるのであった。

◇

「くそっ！　宵闇はまだ見つからないのか！」

「はっ！　申し訳ありませんフレイド殿下！　セバスと名乗る大手の奴隷商人が宵闇を戦闘奴隷として仕入れ、その後、赤ん坊を連れた黒髪黒目の優男に引き取られたところまでは足取りを摑《つか》んだのですが、それ以降はまるで……。も、もうしばらくお待ちいただければと……！」

亜人種と人間種が共に生きる南大陸でも、三本の指には入るであろう魔法大国、ルーランス。

そんなルーランス王国の王城にて、この国の第二王子であるフレイド・ルーランスは自らの部下を怒鳴つけた。

しかし部下から得られた情報はいつものように空振りで、第二王子フレイドは思い通りにならない現実に顔を歪《ゆが》める。

このことから分かるように、彼は相当に我儘《わがまま》で傲慢な性格のようであった。

「いいか？　もう宵闇を陥れてから十三年だぞ？　いくら数百年は優に生きる長命種、竜人種の俺とて、これ以上は待てん……。あの宵闇を奴隷として従順に躾《しつ》け可愛《かわい》がり、この俺を絶対と認識する従僕とするための計画に、いったいどれだけの財を費やしたと思っている？　なあ、お前、それが分かってるのか？」

「は、ははぁ……！」

傲《おご》りと欲望、そして憤りに歪んだ顔で部下の頭を踏みつけると、そのまま腰に差していた剣を引き抜き首筋に当てる。

どうやら今回の失敗は相当腹に据えかねていたらしく、苛立《いらだ》ちのあまりこのままで済ますことはできないらしい。

そうして、いつまで経《た》ってもまともな報告を上げてこない無能な部下を粛清するため、手に持った剣で首を落とそうと腕を振り上げた、その時。

第二王子の背後から音もなく現れた黒装束の男性ダークエルフが、彼の耳にとある情報を耳打ちした。

「常闇か。……なんだ、なにか収穫でもあったのか？」

「連絡が遅くなってしまい申し訳ありません、フレイド様。ようやく宵闇の痕跡と思われる情報を入手致しました」

「なに？」

常闇と呼ばれた男性ダークエルフが告げた内容に眉を吊《つ》り上げると、もはやどうでもいい存在となった部下のことなど忘れ、首を刎《は》ねるのを中止して背後を振り返る。

「宵闇は現在、西大陸最大の宗教国家、カラミエラ教国に、カキューと名乗る貴族の男と共に度々訪れていることが調査の結果分かりました。しかし……」

「他大陸だと？　なるほど、それで足取りが摑めなかったのか……」

「いえ、報告には続きがあるのです。まこと信じられぬ情報かと存じますが、どうかこのままお聞きください」

待ちに待っていた情報に内心歓喜しつつも、表層の態度を取り繕った第二王子は頷く。

この十三年間、散々待たされてきたのだ。

この有能な部下である常闇の報告の一部始終を聞いて待つことなど、どうということもなかった。

「他大陸にて存在が確認されたと言いましたが、しかし同時に南大陸各地の王都、または大都市でも同時刻にカキューなる貴族の存在が確認されているのです。今回はその情報の真偽を確かめるため、こうして報告に時間がかかった次第でございます」

「なに……？」

同時刻に大陸を跨《また》いで存在するとは、いったいどういうことなのだろうか。

そう思案するも、この信用する部下である常闇が不確かな情報で虚偽の報告をするわけもない。

そう第二王子は考え、であるならばこれはどういうことなのかと、そう思案する。

そして出した答えは……。

「こちらの調査を掻《か》い潜《くぐ》るために影武者を用意したか、もしくは、本当にありえぬことだが、転移魔法を再現する魔道具を手に入れたか、だな……」

「ええ、おそらくその通りかと」

だが、可能性はないこともないが、影武者の線はおそらく間違いなのだろうと両者は結論付ける。

一見、一番現実的な考察のようにも思えるが、そうだとするとわざわざ他大陸に影武者を用意する必要がない。

普通は他大陸に渡った者まで調査の手が及ぶなどという考えに至るわけがないし、そもそもカラミエラ教国にいるならば、こちらから易々《やすやす》と手出しはできないのだから。

そして仮に教国にいるのが本物で、影武者がこちら側にいるのだとしたら、それこそ安全地帯にいるのにもかかわらず自らの情報を握っている者を敵側にチラつかせるなど、愚の骨頂だ。

よって、ありえないことではあるが転移魔法の再現という、伝説級の魔道具を手に入れたというのが正解に近いように思えたのだった。

しかし、たとえそんな伝説級の魔道具を手にしていようと、なんだろうと、所在が掴めたということは宵闇との接触が可能であるということでもある。

ようは魔道具を使う暇もなく不意打ちで眠らせるか、拘束すればいいのだ。

もちろんその辺の雑兵には無理な案件だろうが、こと暗殺者としての腕前なら宵闇と同格である常闇の力を借りれば、不可能というほどのことでもない。

その後は様々な情報共有を行い、十分にカキューなる貴族から略奪することが可能だと結論付けた第二王子は、計画の成功を確信するのであった。

「ククク……。そうだ。これだ、これでいい。魔法大国ルーランスの第二王子であるこの俺が、手に入れられぬ女など居るはずがない。居ていいはずがないのだ。待っていろ宵闇。俺がお前を手に入れる日を楽しみにしておけ……」

宵闇と呼ばれる女暗殺者を手に入れるために手を尽くし陥れたことで土台を整え、あらゆる意味で自らに忠実なペットとするために、あとちょっとのところまで迫った第二王子フレイドは語る。

あの美しい肢体、高貴な心、暗殺者として最高の力、その全てが自らのものになるかと思うと、ついに表層を取り繕うことすらも忘れ醜悪な笑みを見せるのであった。

常闇はそんな自らの主人を冷たい目で一瞥《いちべつ》すると、無表情のまま再び闇に消えていく。

彼は今回、いくつか意図して伝えていない報告があった。

一つ目は、宵闇には既に人類最強格とも言える超戦士の護衛がついているという事実。

二つ目は、総合的な実力ではその護衛すらも超え得るかもしれない金髪碧眼《へきがん》の少年が、その超戦士を引き連れて旅を続け、この国に迫りつつあるという事実だ。

彼はこの二つの事実だけを告げず、カキューなる貴族と同様に宵闇と接触するために使える駒であると、そう主人に伝えていた。

それは確かに虚偽の報告ではないが、同時に、真実でもないのだ。

そうして、常闇と呼ばれる男暗殺者の用意した落とし穴に気付かぬまま、欲望に溺れた竜人族の王子は笑い続けるのであった。

第一章

南大陸の北西端に位置する魔法大国ルーランスの王都にて。

様々な露店や商店が乱立する大通りでは、魔石の力により高速で移動する馬車と、身体強化の魔法陣が刻印された鎧《よろい》を着込む巡回騎士たち、そして人種問わず様々な人々が賑《にぎ》わい行き交っていた。

だがそんな魔法の力を享受し繁栄する平和な国の光景も、時にふとした事故、偶然から一瞬にして悲劇というものは生まれる。

そう、例えばこんな風に……。

「キャァァアアア！」

賑やかだった大通りの中心で突然上がった女性の悲鳴に、周囲の者たちはざわつき何事かと辺りを見回す。

するとなんと、馬車の前に飛び出した子供が今にも轢《ひ》かれそうになる、そんな瞬間が目に飛び込んできたのであった。

既に子供と馬車の距離は近く、たとえ超人的な身体能力を持つ高位冒険者であっても、今から助けに向かったのでは到底間に合いそうにない、そんな絶望的なタイミング。

今回の事件もまた、そういった事故に巻き込まれる形で起ころうとしていた、どこにでもある悲劇の一幕……、と、なるはずであったが、しかし。

誰もがもうあの子供は助からないだろうと諦めたその時、瞳を黄金に輝かせたとある少年が疾風のような速度で割り込み、一瞬にして子供を抱きかかえ救出したのであった。

「君、大丈夫？　怪我《けが》はないかい？」

「え……？　あ、あれ……？　ええと、大丈夫、かも？」

「無事みたいだね。間に合って本当に良かった……」

黄金の瞳を持つ少年は、子供が怪我もなく無事であることを確認するとニコリと笑い、その場で解放する。

どうやらこの少年は王都の者ではない、通りすがりの旅人のようではあったが、まるで物語に出てくる英雄や勇者、もしくは正義のヒーローかのような活躍ぶりに周囲の者たちは大いに沸いた。

人々は口々に少年の勇気溢《あふ》れる行いと、その実力を称賛する。

その輝く黄金の瞳や金髪という特徴的な配色も相まって、少年が気付かない場所でこっそり「いよっ！　黄金の勇者！」などと言って囃《はや》し立てる、サングラスをかけた幼女までいたくらいだ。

「ありがとうお兄ちゃん！」

「うん。次からはちゃんと気を付けるんだよ。またね」

「またねー！」

周りの者たちが大盛り上がりを見せる中、そう言って別れた子供は元気よく手を振り、母親のもとへと帰っていくのであった。

◇

場面は移り変わり、父カキューから諸国漫遊の旅に出てみてはどうかと提案を受けて旅立ってから一ヶ月。

成人を間近に控えたアルスは現在、南大陸でも三本指に入る魔法大国、ルーランス王国へとやってきていた。

旅のメンバーは当初予定されていたアルスとガイウス、そしてどうしても離れ離れになりたくないと言って強引についてきたハーデス・ルシルフェルの三人だ。

そんな彼ら三人組は道中で様々なトラブル、または人々の悩みを解決しながらも旅を続け、今は馬車に轢かれそうになった子供を救ったところで、大通りにある飲食店を見つけ一息ついていたのであった。

「がははははは！　アルスお前、まぁた新しい武勇伝を作っちまったようだな。今日でトラブルを解決するのは何件目だ？　まあそこがお前の良いところでもあるんだけどよ、何にでも首を突っ込むのはいいが、どこかで線引きしないと身が持たんぞ」

動きやすくも堅牢《けんろう》な重装備を身に纏《まと》う巨漢ガイウスはそう店の中で大笑いすると、今日もまたトラブルを解決してしまったアルスの背中をバシバシと叩《たた》き、人助けもほどほどにしろとアドバイスを送る。

彼としても友達《ダチ》であり弟子でもある自らの教え子が、勇敢で正しい行いをすることに嫌な気分はしないのだが、何事にも限度というものがあった。

何を隠そう、既にトラブルに巻き込まれるのは今日で万件目なのだ。

これでもまだ、王都にやってきたばかりなのに、である。

ただ、トラブルに巻き込まれた回数だけ解決に導いているので、今のところ特に問題は起きていないところが厄介な部分だった。

「そうだぜアルス！　お前一日で平均三回は問題を解決してるだろ！　いくら俺様の前でカッコいいところ見せたいからって、そ、その、なんだ……。お、俺様の目にはもうお前しか、う、う、うちゅってないんだかりゃ、じゃ、じゃなくて！　お前のことは認めてるんだからよ、無理すんじゃねぇよっ」

などと、顔を真っ赤にしながら勝手にノロけて、勝手に自爆するこの赤髪の少女ハーデスは語る。

本人は最後に取り繕ったつもりかもしれないが、もはや周りから見ればバレバレである。

だが、彼女の言っているようにさすがに一日平均三回もトラブルに巻き込まれていてはアルスもぐうの音も出ないのか、素直に謝るしかなかった。

なにせ入街してすぐに大店《おおだな》の宝石を強盗した暴漢を片付け、そのあと難病に侵された店主の様子に気付いたアルスが回復魔法をかけて病気を完治させて、今こうして馬車に轢かれそうになった子供を救出したのだ。

しかもその後、暴漢から守られつつも難病を癒してもらった大手の宝石店の店主は感動し、お礼に多くの金銭と、そしてついでに自分の娘を嫁にはどうかと勧めてくるのだからどうしようもない。

もちろんアルスの性格から見返りを求めてのことではなかったので、そういった事柄の一切合切を断ったわけであるが、そんなものはアルスについてきた二人にとってなんの気休めにもなっていなかった。

特にハーデスなど、宝石店の店主が娘をやろうとした時に気が動転してしまい、「ダ、ダメだダメだダメだ！　そんなの絶対ダメだぞ!?　お、俺様を捨てるのか!?」と言ってアルスに抱き着き泣き出しそうになってしまったほどだ。

その上で店主の一人娘をまるで猫のように「フシュー！」と髪の毛を逆立たせながら威嚇するものだから、これにはアルスと店主の娘も苦笑いである。

「あははは……。面目ない。でも困っている人たちを放っておけなくてさ。せっかく僕には力があって、こうして父さんが何かのきっかけになればと旅に出してくれたんだ。何もしないのはもったいないかなって思ったんだよ」

「お、おう……。やっぱお前、すげぇな……」

「さすが俺様のアルスだぜ……」

お前はどこの英雄譚《たん》に出てくる勇者様だと、そう語りたくなる心をぐっと抑えて二人は苦笑いする。

というより、一日でこれだけのトラブルを見つけてこられるその運命力はいったいなんなのだと、むしろそっちの方に疑問を持たざるを得なかった。

「と、とにかくだ、アルス。お前がこの国、魔法大国ルーランスを目指した理由は一つ。オフクロであるエルザ夫人の故郷だったからだろ？」

そして……、と言った彼は一息つくと、ニヤリと面白がるような笑みを見せる。

「そして、この国のどこかにあるダークエルフの里の情報を集め、自らの力で訪問すること。それがこの旅でお前の掲げた一つ目の目標なんだろう？」

そう。

今回の旅にはいくつかアルスたちがそれぞれに掲げた目標というものがあった。

その一つが南大陸の拠点からもっとも近かったこの国で、アルスが母親の故郷を探し当てるという試練だったのだ。

いや、試練というよりも、これはただアルスが母の故郷に行ってみたいと思ったから、というのが正しい背景だろうか。

今まで自らの両親のことを何も知らずに生きてきたアルスは、この旅を切っ掛けとしてまずは母のことを知ろうと動いたのだ。

「ああ、そうだよガイウス。父さんの故郷も気になるけど、そっちの方は父さん自らが、今は無理だからやめておけと言っていたからね。……なら、まずは母様のことを知ろうと思ったんだ」

「おう。その目的を忘れていないならいいんだ。まあ、ゆっくりやろうや」

そう言って笑ったガイウスは拳で軽くアルスの胸を叩き、激励するのであった。

◇

アルスらが魔法大国ルーランスに到着した日の深夜。

青い魔法の光が夜の街を照らし続けるルーランス城の一角では、常闇と呼ばれる暗殺者からよからぬ報告を受けたこの国の第二王子、フレイド・ルーランスが眉間にしわを寄せていた。

「なに？　兄が勘付いたのはともかくとして、冒険者ギルドの手の者が嗅ぎ回っているだと？」

「そのようですね。どうやらフレイド様の動きに気付いた第一王子が、S級冒険者の女、陽炎《かげろう》のアマンダなる者を差し向けたようです」

自らと常日頃から権力争いを繰り広げる怨敵の第一王子が、自分の動きに気付いたという点についてはさほど不思議なことではないと考える第二王子。

あの曲がったことが許せない神経質で潔癖な兄のことだ。警備の目を掻《か》い潜《くぐ》って街娘がなぜか次々と失踪していることに気付き、女癖の悪い第二王子《フレイド》が誘拐の犯人なのではないかと思うことは自然である。もし自分が兄の立場ならそうアタリをつけるだろうから。

だが、今回はそんな第一王子の勘付きによるものよりも、よっぽど厄介な案件が待っていた。

なにせその冒険者ギルドの依頼で動いているのはそこら辺の雑魚ではなく、人類最高階位である
S級の冒険者であったからだ。

そして何より、陽炎のアマンダという最高位冒険者の名前は第二王子も聞いたことがあった。

今から三年前、ソロでありながらも二十二歳という若さでS級という人類最強の階位にまで辿《たど》り
着き、とある依頼から帰還したのをきっかけに「陽炎のグルメハンター」として名を馳《は》せることに
なった斥候型の超人。

確かにその女ならばこの依頼にうってつけだろう。

斥候型であるが故に、隠れてよし。

S級冒険者であるが故に、戦ってよし。

痕跡を見つけるのも、逃げるのも、なんにせよ全ての条件が自分を追い詰めるのに役立っていた。

「このままではまずいな……」

「ええ、そうでしょう。ですが、ここで一つご提案が」

「言ってみろ」

常闇は語る。

そのS級冒険者である女をそもそも、第二王子のペットに加えてみてはどうかと。

正面からの戦闘ならともかくとして、暗殺者としては同じく最高位である自分であれば、その女を不意打ちで無力化することが可能であると、そう語ったのだ。

それを聞いた第二王子は醜悪な笑みでぐにゃりと顔を歪《ゆが》め、自分にとって有能な手駒である常闇の勝利を確信した。

さらに、常闇が勝利するということは、第一王子の策を逆手にとれるということでもある。

もはや何をしても有利に働くこの状況に彼は有頂天になり、まるで自らこそがこの世界の神にでもなったかのような気分で大笑いするのであった。

「よし、ならば捕らえてみせよ。……そうだな。噂《うわさ》では、そのアマンダとやらも相当な美女であると聞く。もしそうであるならば俺が宵闇を手に入れる前の前菜として、大いに楽しませてもらおうではないか」

常闇がそっと差し伸べた目先の欲に溺れ、冷静な判断ができなくなりつつある第二王子は妄想する。

次はどこの街娘を攫《さら》おうか、ああするのもいい、こうするのもいい。

彼は既に、そんな下らないことしか考えられなくなっていたのだ。

そうして、狙った通りに墓穴を掘ってくれている主君の姿を確認した常闇は、再び姿を消した。

何より常闇は知っていた。

もし冒険者ギルドの切り札であるS級冒険者を無理に捕らえるようなヘマを犯せば、いくら魔法大国の第二王子であろうとも、国が彼を庇《かば》いきれなくなるということを。

さらに言えば、この国を訪れている超戦士と、金髪碧眼《へきがん》の少年。

この一日で様々なトラブルを解決し続け、既に王都でも一躍有名になりつつある彼らの警戒網に引っかかり、もし偶然、とある暗殺者の手によって、わざわざ痕跡が残るようにS級冒険者が攫われるようなことがあれば、それこそ第二王子の行いは衆目に晒《さら》されることになるだろうと、そう思っていたのだ。

このことから、状況的にも、戦力的にも、全ては自らの所有物であると思いあがっている第二王子は逆に、自らの持つ全てを失いつつあるのであった。

しかし……。

その事実に彼が気付くことは、その最期の時まで訪れないのであろう。

それこそが若かりし頃から常に力を競い合い、認め合い、そして高め合ってきた宵闇と対を成す常闇の暗殺者――エルガの復讐《ふくしゅう》なのだから。

「待っていろエルザ。私が必ず、お前に安寧をもたらしてみせる」

誰もいない夜の街のどこかで呟《つぶや》く彼の瞳には、今は静かに、しかし決して衰えることのない怒りの感情が映り込んでいた。

◇

「……思っていた以上に、闇の深い案件みたいだね。これは」

場所は変わって、魔法大国ルーランスの王都にある一軒の民家にて。

何者かに荒らされた形跡の残るこの場所を発見した一人の美女が、溜息《ためいき》を吐《つ》きながらもぐるりと辺りを見回す。

どうやら既に襲撃された民家の男は殺され、そしてそこに同居していた、殺された男の一人娘は姿を消していたようだった。

「ギルドマスターのおっさんが、さる高貴な方からの依頼だしどうか受けてくれと拝み倒してくるから、報酬の高さに目がくらんで受けちまったけど……。こりゃあちょっと、ヤバいよ。アタシ一人では手に余る相手かもしれないね」

冒険者ギルドからの裏依頼を受け、街娘の失踪事件の調査に乗り出していた美女。

S級冒険者であるアマンダはそう独り言《ご》ちる。

「うん。こりゃあお手上げだ。今までソロでやってきたけど、さすがに相手が王族じゃ分が悪い。もしこの依頼を続けるのなら、街のどこかで強力な助《すけ》っ人《と》を探すしかないだろうね。でなきゃ、この街の娘たちには悪いけど一旦出直すしかない」

あ〜あ、こんな時にガイウスのやつが居てくれればなぁ。

やっぱりあの時、強引にでも押し倒しておくべきだったかな。

そんなどうしようもないことをつらつらと呟きながらも、ふと、この街の酒場で同業が語っていたとある噂を思い出す。

「確か、水色の鎧を装備した巨漢と、本気になると黄金の瞳を輝かせる少年。それとオマケで、やけに喧嘩《けんか》早《ばや》い凄腕《すごうで》魔法使いの女が数々のトラブルを解決しているんだってね。……気になるね。特にその、水色の鎧を着た巨漢ってやつ。……アイツを思い出すよ」

アマンダは思案する。

それほどまでに優秀な三人組であるならば、一度コンタクトを取ってみるのもアリなのではと。

この裏依頼の内容を――ある程度伏せたままにはなるが――共有し、実力のある助っ人を迎えられるのであれば、好都合であると。

ならば、善は急げであった。

「確か、この夜でも明るい王都の酒場は、まだまだ開いている時間だね。行ってみるかな」

そうしてアマンダは荒らされた民家と、その家の主人である男に黙禱《もくとう》を捧《ささ》げつつも歩き出すのであった。

◇

「なるほどね～。ゲス野郎とアマンダさんはそう動くのか。こりゃあアルスにとっても良い刺激になりそうだ」

南大陸にある大森林のどこかに存在する、錬金術で再現された魔法城にて。

自らの分身を飛ばして世界中の調査をしていた下級悪魔は頷《うなず》いた。

これなら自分が出る幕は、そうそうないであろうと。

今回は部下である超戦士と、息子である金髪碧眼の少年の手柄とするのが、一番良いのだろうと納得したのだ。

「旦那様、どういたしましたか？」

「いいや。こっちの話だよ。うむ！　今日のエルザママの夕食もサイコーだ！」

「そうでしたか？　それはようございました。それにしても……。ふふ、変な旦那様ですね」

だが同時に下級悪魔は思う。

もし最後に、本当の意味で決着をつける決心のつかなくなった息子が、あのゲス野郎を見逃すようなことがあれば、その時は……、と。

まあ、全てはタラレバの話である。

今後どういう結末を迎えるかは、本人たちの手に委ねられているのだから。

いまこの下級悪魔にできるのは二つ。一つは、旅立った息子たちを見守ること。そしてもう一つは、妻であるエルザを裏切ったやつらにリベンジする機会を与えるという――かつて奴隷として彼女を購入した際に交わした約束をどこかで必ず果たすということ。

「まあ、それはおいおいだな。……さーて！　今日も録画しておいた息子の大冒険を観《み》るぞ～！」

「あら、ようやくでございますか。今日のアルスはどんな女の子を惚《ほ》れさせてしまうのか、楽しみでなりません」

「ふははははは！　もう既に三十三人抜きだからな！　我らが息子も罪作りな男だ！」

そんな一癖も二癖もある人物たちを陰から見守る下級悪魔は、今日も今日とて、夫婦の家族ビデオを再生するのであった。

◇

「こいつはめでたいぜ！　こんなところでお前と会えるとはな、アマンダ。お前の言う通り、こんな偶然が待っているっていうんなら、確かに旅ってのは悪いもんじゃねぇな。いやあ、参った参った」

「へぇ～。この女性がガイウスが語ってた超美人さんかぁ。凄い綺《き》麗《れい》な人だね？」

魔法大国ルーランスの王都にある、宿が併設された酒場にて。

今日の冒険を終えて一息ついていたアルスら一行は、アマンダと名乗る女冒険者と食事を共にし酒を酌《く》み交わしていた。

本来であればもうそろそろ明日に向けて就寝しても良い頃合いではあるのだが、なにせガイウスにとって縁のある冒険者との再会だ。

アルスからしてもこの女冒険者の人となりに多少の興味があった。

よって、せっかくだからということでしばらくの間だけ同席することにしていたのである。

「おう！　それはもう間違いねぇな！　あの時は断っちまったが、今思えば俺にはもったいねぇくらいの女だったぜ」

「はぁあ〜？　おいガイウスのおっさん、せっかく旅に出てたのに、こんな美女を振るとかなにしてんだよ。もしかして、バカなのか？」

「そう言われると面目ないが。事実、俺はバカだからな！　がははははは！」

ハーデスの呆《あき》れ文句に対し、その通りであると認めるガイウスに釣られ笑う周囲の者たち。

あまりにも真面目なこの男には一切の嫌味がなく、過去に振られていたはずのアマンダですらも素直に笑みを浮かべていた。

アルスもとびっきりの人たらしであるが、このクソ真面目な大男も大概である。

ある意味そういった部分で、この師弟二人は似ているのかもしれなかった。

「それにしても。噂で聞いた内容から推測してまさかとは思っていたけど、本当にアンタだったとはねガイウス。さすがのアタシも驚いたよ。そして、その金髪の子が例の弟子かい？……ふぅん。このアマンダ様の誘いを断ったんだからどんな教え子なのかと思っていたけど、なかなか良い男じゃない？　ねえ、ボウヤ？」

大人の色香を漂わせウインクする姿にたじたじになりながらも、困った顔をするアルス。

認めてもらえたのは良いが、自分の存在が師匠でもあり友人でもある男の重荷になってしまったのではないかと、少しだけ悩んでいるのだ。

しかし、そんな陰りのある表情を見て何かを察したアマンダは口角を上げると、不敵な笑みで悩みを一刀両断する。

「なにいっちょ前に責任感じてるんだいボウヤ。このアマンダ様の心配をするなんて十年早いよ。アタシとガイウスはそれぞれが自分の意志で選択して、その結果に納得できる大人さ。この結果には誰も後悔なんてしちゃいないいんだ。分かったら顔を上げな」

そんな思いやりがありつつも諭すような言葉にはっとすると、大人の女性からのアドバイスに納得するところがあったのか、苦笑いしながらも「ありがとう」と言う。

日々の修行によってどれだけ強くなろうとも、世界を知らず成人すらしていない自分ごときでは、まだまだ人生経験の差は埋められそうにないなと思うのであった。

そんな少年の素直なところに感心し頷くと、さて、と切り出して、今回コンタクトを取った理由の本題を述べ始めた。

「それじゃあ本題だけど。実は今回、ちょっとばかし厄介な依頼を抱えててねぇ。このS級冒険者アマンダ様の力をもってしても、かなり分が悪い相手に睨《にら》まれちまったようなのさ。アンタたちは、この王都で何人もの娘が行方不明になっているのは知っているかい？」

冒険者としての顔に切り替えた彼女は語る。

この街で行方不明になった娘たちの末路と、その元凶となる王族の存在を。

そして、恐らくこの案件に関わっている王族を追い詰めるだけの証拠を集めるには、自分だけの力では不十分であるということを。

アマンダが冒険者ギルドの裏依頼を受けて動いているという部分と、その依頼者が第一王子であるという部分だけを除き、全てを聞き終えた三人は眉間にしわを寄せた。

「なあアルス。どうする、やるのか？　俺様は別にどちらでもいいぜ。たかだかこっちの世界の王族相手に、このハーデス様が怖気《おじけ》づくなんてありえねぇからな」

そもそもハーデスからしてみれば、王族という存在は今まではずっと自分のことを指していて、魔界の王太子として二百年間も君臨してきたのだ。

たかだか人間界に無数にある国家の、それも王太子でもない二番手三番手の王子ごときに委縮する理由など、あるわけがなかった。

「うん、やるよ。アマンダさんからの依頼というのもあるけど、それ以上にこの問題をこのまま放ってはおけない」

「そうか。なら決まりだな。よし、アルスはもう寝ろ！　おっさんもだ！　ほら、もう酒でべろんべろんじゃねぇか」

間髪容《い》れず即答する姿に一同は頷きつつも、既に長いこと酒を飲んでいたガイウスのこともあってか、それならば今日の話はここまでだということでお開きになった。

明日からの行動のためにも、少しでも早めに休息を取った方が得策と判断したのだろう。

男二人は挨拶もそこそこにその場で席を立ち、宿として酒場に併設されている部屋に戻っていく。

だがハーデスとアマンダだけはその場に残り、今も尚《なお》何かを待っているかのように、再びチビチビと酒を酌み交わしていたのであった。

「アンタは寝ないのかい？　そんな怖い顔で魔力操作なんてして、まるでこの先に起こるなにかを警戒しているみたいだねぇ」

「まあな」

この場の空気からなにかを感じ取っているのか、得意の魔力操作で周囲の探知をしつつ辺りを警戒するハーデスは語る。

「酔いまくっていたガイウスのおっさんはともかくとして、アルスのやつは純粋だからさ。こういう場で人を疑うことを知らねぇんだよ。だからこの局面では俺様が人を疑い、状況を俯瞰《ふかん》しなくちゃならないってわけ。……なぁ。あんたもそう思うだろ？　クソ暗殺者」

空気が凍《い》てつくような視線で、同じく酒場の一角で飲んでいたダークエルフの男に声をかけたハーデスは魔力を急激に高める。

だがその瞬間、視線に晒されたダークエルフの男は急動作で席を飛び出すと何かを投擲《とうてき》し、魔法の光によって照らされていた酒場の灯《あか》りを一瞬で落としたのだった。

しかも既に深夜遅くということもあってか人が居ないため、この場で問題に気付いた者が飲んでいた女性二人以外に居ない。

まさに仕組まれたかのような絶好のタイミングで、ハーデスとアマンダは襲われたのであった。

「おい！　逃げろアマンダ！　狙いはお前だ！」

「ちぃっ！　そういうことかい！　途中からやけに酒場に人が少ないと思っていたら、最初からこは……、ぐぁっ⁉」

視界の利かない暗闇の中、不意をつかれたアマンダは一瞬だけ対応が遅れる。

彼女とてプロの斥候職、この人気《ひとけ》の薄い酒場には多少の違和感を覚えていたし、何より暗闇には慣れているつもりであった。

だが人間とは生まれた環境も、そして身体《からだ》の構造そのものも別である魔界出身のハーデスとは違い、明るい場所から急に周囲が暗くなれば、目が闇に対応するのに少しのタイムラグが発生する。

今回このダークエルフの暗殺者はそんな人間の構造の隙を突き、自らはずっと目を閉じ準備を整えていたことで計画を成功させたのだ。

「おい！　アマンダ⁉　くそっ！　そうか、人間にはこの暗闇は少しばかりキツいってわけか！　見誤ったぜ！」

そこに気付いたタイミングで魔法の光を灯《とも》し周囲を照らすも、時既に遅し。

警戒していた暗殺者のダークエルフはアマンダと共に姿を消していて、まるでこの場では何事もなかったかのように夜の静けさを取り戻していたのであった……。

今この酒場にいるのは一人取り残されたハーデスと、いつの間にか隅っこで背を向けミルクを飲んでいた、サングラス姿の幼女だけ。

もはや、まんまと敵にしてやられた、といったところだろうか。

謎の幼女は急に灯りが消えたり点《つ》いたりしたことに驚き、「な、なんなのよ？　もしかして今、ヤバいのよ？」と辺りをキョロキョロしていたようだが、まあ今はそんなことはどうでもよく。

それよりも、あわあわと大慌てで騒ぎ出したこの幼女は、もっと大事なものを見つけ出したのだ。

「あれ？　こんなところに変な紙があるの。え～と～。アタシが先に忍び込んでくる？　あとは闇ギルドを探せ？　なんなのよこれ、ただのゴミなの。ラクガキなのよ」

「…………っ!!」

幼女が何気なく、ぽいっ、と捨てて去って行った場所にはなんと、アマンダが襲撃の前に用意していたメモ書きが残されていたのであった。

◇

「くそがぁ！」

「まさか、あのアマンダさんが……」

一階の酒場で起こった襲撃によりアマンダが攫われてから数分後。

併設された宿の一室では、成り行きの一部始終をハーデスから聞き終えた男二人が悔しさから顔を歪め、拳を握りしめていた。

特にガイウスなど、肝心な時に酔いが回り油断していた自らの不甲斐《ふがい》なさに激怒し、普段真面目で温厚な彼からは見られないような鬼の形相で目を血走らせている。

それだけお互いに認め合い、慕ってくれていたアマンダという女性を敵の手に渡らせてしまったのが許せないのだ。

既に酒の酔いからは完全に醒《さ》め、アルスの回復魔法によって眠気すらも吹き飛ばした今の状況では、いつ飛び出してもおかしくない状況であった。

攫われた女性の末路がどうなるのか、だいたいのことを聞いていたからこそというのもあるだろう。

「許さんぞ外道ども……。楽に死ねると思うなよ」

もはやこの怒り狂う超戦士の激情は第二王子という標的のみならず、メモ書きにあった闇ギルドという組織そのものの壊滅に向けられている。

仲間たちがそばにいるおかげで最低限の理性は失っていないが、もしここでアルスが攻撃的な意志を見せようものなら、ギリギリのラインで理性と感情の均衡を保っているガイウスの心は、完全に怒りの感情に傾くというところまできていたのだ。

そうなれば、たとえ彼が一人であったとしても敵地へと乗り込み、そしてどんな手段を用いてでも、多大な犠牲と共に全てを滅ぼしてくるであろうことが容易に想像できた。

だがそのやり方では凄腕の暗殺者すらも手駒にする敵に対し、多対一となったガイウスもただでは済まないだろうし、何より仲間たちがそれを善しとしないだろう。

「おい、落ち着けよ。アマンダの目的は説明しただろ、まだ最悪の状況というわけじゃねぇんだ」

「だが……！」

残った三人のメンバーの中で一番アマンダと親しかったガイウスだからこそ、どうにもならない憤りをコントロールしきれず、一部始終を見ていて逆に冷静になれた者の意見に耳を貸すことができない。

気持ちは分かるのだが、さすがにこのチームで一番冷静にならなければならない年長者がこの調子ではまずい。

何より、この局面で感情が暴走することは本人のためにならないのだ。

それが分かっているからこそ、普段は笑顔を絶やさないアルスも心を鬼にし厳しい表情で仲間を叱咤《しった》した。

「だが、ではないよガイウス。これは僕たち全員で取り組むべき問題だ。こんな時だからこそ一人で勝手に動くことは許さない。もしここで君が暴走するようであれば、残念だけどアマンダさんを救出する上では足手まといだ。部屋で寝ててくれ」

「なっ!?……いや、そうか。そうだな。すまん、少し我を忘れていた。許せアルス」

これは決定事項であると、ピシャリと言い放ったことでさすがのガイウスも感じることがあったのか、少しだけ冷静になった頭を左右に振り落ち着きを取り戻す。

しかしその心の奥底でくすぶる怒気は衰えておらず、冷静さを取り戻した今でも闇ギルドに対して一切の加減をするつもりはないことが窺《うかが》えた。

「うん。その感じなら大丈夫そうだね。いつも冷静なガイウスらしくなかったから、ちょっと焦ったよ」

さて、それじゃあどうしようか。

そう言ったアルスはまず、このメモ書きに残されていた闇ギルドの拠点という要素に着目する。

メモ書きにはいくつか拠点の候補となる場所が書き記されており、敵が王族ならここ、もし予想がはずれたらここ、というように簡単にパターン分けされていた。

この大国の王都だからこそ闇ギルドというものも大小含め複数の組合があるため、このようにいくつか候補をあげておく必要があったのだ。

「おそらくこれはアマンダさんが今回の調査で得た情報を軽くまとめたものだろうね。敵に情報を握っていることが知られたら拠点を移されるだろうから、ここでその決定的な証拠を捨てて行ったんだよ。そして、今回の相手は王族。それも第二王子であると彼女はあたりをつけていた」

あくまで調査の上での予想でしかないが、その話が本当のことであれば、向かうべき目的地も自《おの》ずと見えてくる。

それに何より、第二王子が待ち構えているのが王城ではなく城下町の闇ギルドというのも逆に都合が良い。

もしこれが王城に引き籠り逃げ隠れされていれば、すぐに解決できる問題ではなくなるからだ。

「そうと決まれば話が早いな。さっそく乗り込もうぜアルス。俺様もあの暗殺者には借りがあるしよ」

一度はしてやられたものの、そもそもあのタイミングで狙われたのが人間のアマンダでなければ自分の力でなんとでもなっていた。

そうであるからこそ、まるで勝ち逃げされたかのようなこの状況に納得がいっていないようである。

「ああ、そのつもりだよ。それに今ならまだ第二王子が闇ギルドに滞在しているだろうね。追い詰めるのであればこのタイミングしかない。僕とハーデスは魔法で周囲の敵を排除するから、救出そのものは頼んだよ、ガイウス」

「おう。任せろ」

目的の場所はルーランス城からそう遠く離れていない富裕区画の一角。

こうして、人知れず行動を開始した彼らの逆襲が始まった。

◇

「ちっ、そういうことかい。攫われた者の中に高位冒険者もいたからどうもおかしいと思っていたら、まさかこんな魔道具で動きを封じ込めていたとはねぇ……」

王都の中心であるルーランス城にほど近い、富裕区画にあるとある施設にて。

闇ギルドの本部に連れ去られたアマンダは自らに装着された首輪に触ると、忌々しそうな顔で悪態を吐く。

なにを隠そうこの首輪、使用者の能力を激減させ魔力を乱すことを目的として開発された、魔法王国きっての犯罪者の拘束用魔道具であったからだ。

首輪から発せられる特殊な魔力回路により、常人であれば身動きが取れぬほどに力が弱まり、魔法抵抗の高い高位冒険者であっても一般人並みの力しか発揮できないという優れものだ。

たとえ人類最強のＳ級冒険者といえども、この装備をつけて敵の本拠地で自由に動き回り脱出するというのは困難を極める。

もし仮に首輪を力で強引に打ち砕けるような者が存在するとしたら、それはもはや人類ではない。

理論上は属性竜くらいの魔力抵抗があれば無効化することも可能ではあるが、人類はドラゴンではないのでそれも不可能であった。

「そうだ。その首輪であの外道は数々の女性を手籠《てご》めにし、薬品などを用いて自らに従順なペットを作り上げてきた。実に反吐《へど》が出る話だ」

首輪をつけられた上で拘束され、床に転がされているアマンダを一瞥《いちべつ》したダークエルフの男暗殺者、常闇は顔をしかめつつも語る。

「ふん。あんた、アタシが眠っているフリをしていたのに気付いていただろう。それもこれも、この口裏合わせのためだったというわけかい。気に入らないね……。だけど、今回だけは乗ってあげようじゃないか。どうせ待ってるんだろう？　あの子たちが来るのを」

「…………」

襲撃された者と襲撃した者。

二者の間には奇妙な空気感が存在しており、まるでこの状況こそが第二王子を追い詰めるための布石。

常闇と呼ばれる暗殺者の計画の一部であるかのようにアマンダは語るのであった。

そして……。

「待たせたな常闇。おお、そこの美女が陽炎のアマンダか！　うむうむ、実に美しい。確かにこれだけの上物であれば宵闇を躾《しつ》けるまでの前菜としては十分だぞ。さすがは我が国の誇る暗部随一の男だ。褒めてやる」

大国に仕える暗部であるため、魔法契約によって様々な条件で縛られた常闇は歯噛《はが》みした。

主人である王族に対する虚偽の報告や、直接的な危害を加えるなどという行為の禁止事項さえなければ、今すぐにでもその首を落としてやろうと思っているくらいである。

だがたとえ魔法によって直接的な攻撃手段を封じられようとも、復讐は既に最終段階にまで突入しているのだ。

一《いち》か八《ばち》かの賭けではあるが、この第二王子フレイドを仕留める絶好の機会であるこの時にボロを出すわけにはいかない。

故に常闇は静かに頷き、決して顔には出さずにその時を待った。

◇

「ヤバいのよ！　あたち、大変なものをみちゃったのよ！　みんながいなくなった隙を狙って、女の人が変な男にさらわれちゃったのよ!?　どうするのよ！」

ところ変わって王都の上空にて。

酒場での急な襲撃にちびっこ天使メルメルはびっくりして、こっそりアルスのあとをついてきていたことも忘れ、夜のお空で幼女流の脳内会議を開いていた。

脳内会議に参加する想像上のメルメルたちは議論を交わし、あ〜だこ〜だと話し合う。

「う〜ん。ダメね。このあたちの天才的な頭脳をもってしても、今はまだ答えが出ないの。いきなり女の人が攫われちゃったし、ストレスが溜《た》まっているのが原因かも？　なら、ここは心を落ち着かせるために、まずはキャンプファイヤーかちら」

だが、幼女の脳内にだけ存在しているメルメルAやメルメルBたちでは一向に答えは出なかったのか、とりあえず落ち着くためにキャンプファイヤーをしようという結論に至ったようである。

しかも、脳内メルメルたち満場一致の可決。

それとメルメルの考えが纏まらないのは決してストレスのせいではなく、単純にもう夜だし、そろそろ眠たくなってきているからというだけだ。

そうしてとりあえずキャンプファイヤーをすることに決めたちびっこ天使は、なんだか人気のない立派な建物を富裕区画で発見すると、とりあえず敷地で火をつけたあとニッコリするのであった。

酒場に併設されていた宿を発《た》ってからしばらくして、メモ書きに残されていた闇ギルドの拠点と思わしき場所に辿《たど》り着いたアルスら一行は、既に施設に突入する構えを見せていた。

しかしこの富裕区画は、夜でも魔石を燃料として発光する魔法の街灯で道を照らされている。正面から突入すれば敵に発見され、第二王子を取り逃がす隙を与えることにもなりかねない。

また施設にいる警備員はもちろんのこと、内部ではそれなりに罠《わな》などが待ち構えているだろうことが懸念される。

以上の理由から突入しようにもまずはどう攻略するのかを考える必要がある。

そのため、とりあえずはということで、たった今、空を飛行できるアルスが上空から施設の全容を把握してきたところだ。

「予想以上に大きな施設だね」

城ではなく屋敷といった外観ではあるが、施設の大きさだけを見れば領地持ちの大貴族が本邸として持っていてもおかしくはないほど。

さらに外側からは分かりづらいが、内部の構造はそれなりに複雑であるであろうことが予想できた。

もしかしたら地下に繋《つな》がる脱出経路もあるかもしれないし、隠し通路の数も多そうである。

さらに言えば、外観の作りとしては石造りのロの字型であるために、ここまでの推測はあくまで施設の大きさから見た予想でしかなく、どこにどれだけの部屋数があるのか見当もつかないのが問題の一つでもあるだろう。

「で、どうするんだよアルス、俺様が囮《おとり》になろうか？　正面からの攻略はちっとばかしキツそうだぜ」

「ダメだよハーデス。それは許可できない」

提案するハーデスであったが、アルスとガイウスの雰囲気は囮作戦を善しとはしていない。

むしろ仲間を囮にして作戦を続けるくらいであれば、たとえ王子を取り逃すことがあったとしても、アマンダ救出を第一に据えて正面から殴り合うつもりなのだろう。

いや、むしろこのアルスの顔色を窺《うかが》うに、正面からというより、ド正面から全てをぶち壊すつもりのようにすら見受けられる。

そしてその方法に必要なピースが既に揃《そろ》っているのを確信していた。

「僕たちにとってはだけど、この周辺に人気《ひとけ》がないのが幸いしたね。これならわざわざ無理に攻めなくても、少し待つだけでもっと状況が好転するんだ。……ほら、始まったよ」

――――な、なんだあの巨大な炎は!?

――いったいなにがどうなって……、お、おい、あそこに変な幼女がいるぞ！

――敵襲なのか!?

――捕らえろ、あのヤバそうな幼女を今すぐ捕らえろぉおおお!!


などと、何か問題が起きたのか、なんなのか。

アルスたちが何もしていないのにもかかわらず急に慌ただしくなった施設付近は、入口の警備員も含めて一目散にどこかへと立ち去って行ったのだ。

さらにここが闇ギルドの本部であり、周囲から手出しできないように調整された人気のない施設だったことも影響して、近くから様子を見に来るような王都の人間も存在しない。

突入するならこれ以上ないほどの、絶好のタイミングであった。

どこかから、「やめて！　変な人間たちがみんなで捕まえようとしてくるの！　あたちはまだ何も悪いことはしてないのに！　今日は龍脈も使ってないのよ？　反省してるのよ？」という声が聞こえてきたような気もするが、おそらく気のせいであろう。

「なるほど、あいつの仕業か……」

「そういうことだよハーデス」

「ククク……。やるじゃんかよ。見直したぜチビ。まあ、たまたまだろうけどな」

あまりの好機にあくどい笑みをこぼすハーデスと、少しだけ苦笑いのアルス。

まさにサングラス幼女の起こした偶然のたまもの、青天の霹靂《へきれき》であった。

そんな幼女のファインプレーに助けられた救出チームは、急ぎ足ながらも悠々と施設に入りアマンダを探す。

施設内部はやはり罠のようなものも少なからず存在したが、今回は周りに人がおらず自由に動ける状態であったため、エルザから罠に対する大抵の知識を詰め込まれているアルスの力で難なく突破することができた。

というより、そもそも一人一人の力がS級冒険者すら超え得るであろうこのチームに、多少の罠など効果がない。

たとえ軽い罠を作動させてしまっても、その上で見切り回避できるのが超人が超人たる所以《ゆえん》である。

敵が周りにいればその限りではないだろうが、今回に限ってはたいした障害にはなり得ないのであった。

そうして高速で移動しながらも、内部をくまなく探すこと数分。

ついにハーデスの魔力探知にアマンダの気配が引っかかったという大事な場面で、とんでもないアクシデントが起きる。

「やめて！　あたちは悪いメルメルじゃないの！　いくらあたちがぷりちーでも、捕まえたって何もいいことはないのよ？　諦めた方がいいのよ？」

そう。

ちびっこ天使メルメルが、大量の敵を引き連れて施設内部に逃走してきたのである。

その敵の数はなんと、脅威の百人越え。

あまりにもヤバい数の敵をトレインしてきたメルメルは、どこか余裕を感じさせる逃げ足を見せながらも、「あたちも罪な女ね」だの、「やっぱり可愛《かわい》いすぎちゃうのかちら？」だのと宣《のたま》い、全く緊張感が感じられなかった。

「追えー！　あのヤバい幼女を逃がすなぁ！　見た目に騙《だま》されるなよ！　恐らく他のギルドの回し者だぞぉ！」

「そうだ！　普通の幼女がこんな速度で逃げられるわけがない！　ここで仕留めなければ、殺《ヤ》られるのはウチのギルドだぞ！　気合入れろぉ！」

そうしてアマンダのもとまであと一歩というところで現れる、敵の軍勢。

ちびっこ天使メルメルのおかげで施設内部に入り込めたのはいいものの、同時にこれでもかというタイミングでやらかしてしまうのであった。

今回の結果だけで言えば、敵を陽動したプラス要素と、その敵をトレインしてきたマイナス要素を差し引きして、若干功績としてプラスになる程度だろうか。

そんな良いのか悪いのか分からない謎の状況に、アルスら一行は苦笑い。

だが、こうして敵が分散せずに纏《まと》まって襲い掛かって来るという状況は、さして悪いものではなかった。

「ちょうどいい、どうせ闇ギルドは壊滅させるつもりだったんだ。あの人たちは僕が引き受けるよ。ガイウスはアマンダさんを救出しに、先に行くんだ。それにあの鉄扉の前にいる手練《てだ》れ相手なら、ハーデスがまとめて無力化できるはず」

「任せろ。確かに敵の質は良いが、ガイウスのおっさんが駆け込むくらいの隙は余裕で作れるぜ」

アルスが指摘した場所は、混乱する施設の中でもなお、数人の黒装束によって厳重に警備されている部屋の一室であった。

警備の人数は察知できる範囲では十三人。

個々の強さは王族の護衛ということもあって、冒険者で言えばB級上位か、Aに足を踏み入れている者もいるだろう。

なかなかの手練れ揃いである。

「ああ、任されたぞアルス。そしてハーデス。おそらく中には例の暗殺者がいるのだろうが、やつと正面からぶつかって負けるほど、俺も戦士として耄碌《もうろく》しちゃいねぇ」

お互いに作戦の内容を確認して頷《うなず》くと、まず手始めにハーデスが強力な重力魔法を警備の黒装束たちに向けて展開する。

既に三年前、S級に足を踏み入れていたアルスですら苦戦し、最終的には対処しきれなかった魔法だ。

あの頃よりもさらに腕を磨き、完全体へと近づくことで魔力も強化された高威力の魔法に、黒装束たちはなすすべもなく膝をつくのであった。

「今だ！　魔法に抵抗されないうちに！」

「おうよ!!」

そうして黒装束たちが無力化されたのを見て、アルスがメルメルの方向へ、ガイウスが鉄扉の方向へと突進していく。

「おっさん！　さすがに重力魔法は分散すると効果が薄い！　やるなら早めに頼むぜ！」

「当然だ！」

しかしいくらハーデスの力で膝をつくといっても、さすがに広範囲に魔法をかければ威力は分散する。

それを読んでいたガイウスはこの瞬間を狙って大剣を振りかぶり、厳重な鉄扉に向かって突進をかました。

「究極戦士覚醒奥義！　スーパーデビルバットアサルトォォオオオ!!」

かつてアマンダを死の窮地から救った、とある下級悪魔直伝の必殺攻撃。

そんなありったけの力を籠《こ》めて放たれた大剣の一振りは、道を塞ぐ鉄扉を盛大に吹き飛ばし、木っ端みじんにして入口に大穴を開けるのであった。

「ガイウス!!」

「な、なんだ貴様はぁ!?」

鉄扉をぶち抜いた先にはなんと竜人族の男、おそらく第二王子であるフレイドが今にもアマンダを押し倒し、手籠めにしようとする光景が飛び込んでくる。

だが勢いよく破壊された鉄扉の破壊音によってその行為は中断され、大口を開け目を点にしてしまったようだ。

そんな間抜けな表情を晒《さら》す彼に対し、ガイウスはしてやったりと不敵に笑うのであった。

「よう。待たせたなアマンダ。それとさっそくで悪いが、お前の命運はここまでだ……。ゲス野郎」

今ここに、窮地に陥る美女を救いにきた超戦士《ヒーロー》が、満を持して見参した。

……同時にどこかから、「あたちは悪くないの!」という幼女の声が再び聞こえてくるが、あの幼女であれば、アルスの力も借りて勝手に逃げ切ることであろう。

◇

ギィン、ギィン、と金属同士がぶつかり合う硬質な音が空間に響き渡る。

片や漆黒の黒装束に銀髪を持ったダークエルフの最高位暗殺者。

片や水色の氷竜装具に身を包む巨漢の超戦士。

今のところ暗殺者と戦士の戦いは戦士側がやや有利であり、このまま戦いが長引けば遠からぬうちに決着がつくかのように思われた。

というのも、超戦士ことガイウスがこの部屋に入り込んでから始まったこの戦い。

正面から戦いになった時の相性という面でも、そしてお互いの間に存在する実力の階位の差という面でも、圧倒的にガイウスに形勢が傾いていたのだ。

「な、なにをやっている常闇！　そんな筋肉ダルマなど今すぐにでも殺せ！　お前が負けたらこの俺はどうなる!?　暗部である貴様に目をかけ、ここまで出世させてやった恩を忘れたのか!?」

「………………」

頼みの綱であった常闇の力が敵に通用せず、ひどく狼狽《ろうばい》する第二王子フレイド。

だが、もとより暗殺者はしょせん闇に潜み隙を窺うことで事を成す職業。

人類の最終到達点とも言われる最高位のＳ級を超えた、人外のＳＳ級の領域にすら足を踏み入れている戦士職を相手に、そう長く持つはずがなかったのだ。

それに……。

「おい、あんた。……まさかこのまま、俺に殺されるつもりじゃないだろうな？」

「フッ……」

ガイウスの目から見て、常闇は全力を出し切っておらず、どこか実力を抑えて戦っているようにすら見受けられたのだ。

この会話は高速で戦っているが故に二人からある程度距離がある第二王子の耳には入っていないが、それでも人類としては目や耳といった感覚器官を極限まで強化している、S級斥候職のアマンダには聞き取れた。

「あいつ、まさか。そんな……」

「くそぉおおお!! なぜだ！ なぜここにきてこうも俺の邪魔が入る！」

悔しがる第二王子を余所《よそ》に、自らの問い掛けに不敵な笑みをこぼす常闇の反応を見て、ガイウスは確信する。

この腕利きの暗殺者は、自らの主君という魔法大国の病巣を道連れにして、ここで死ぬつもりであるのだと。

いったい常闇がなぜここまで頑《かたく》なに、命を懸けてまで第二王子を誅《ちゅう》そうとしているのかは分からない。

だが、戦士として、冒険者として、仲間や弟子を持ち、そして一人の女を救いにきた男として。

今まで培ってきたあらゆる経験が、「この男は今まさに、何かを守ろうとしている」という予感をガイウスに告げていた。

「そうか……。お前にも俺と同じように、己の命と引き換えにしてでも守りたいものがあった、ということか」

「気にするな、超戦士よ。これは暗部として国に仕えながらもなお、主君である者の命より大事なモノが最初から存在していた、私の落ち度なのだからな。この暗殺者としての薄汚れた手が、最後に正義を成すのだと思えば心も軽い」

常闇にとって大切な何か。

守りたかった者。

貫き通したい信念。

そういった全てをひっくるめて、覚悟や感情といった面で理解したガイウスは、ある決心をする。

「うぉぉぉおおおおおお!!　究極戦士覚醒奥儀！　スーパーデビルバットアサルトォオオオオ!!」

「……それでいい。我が生涯最後の好敵手が、お前のような勇敢な戦士でよかった」

ここで決着をつけるつもりなのか、再び発動した切り札で身体能力を極限まで底上げした目の前の戦士に対し、自らの最期を悟った最高位の暗殺者は大剣の間合いに飛び込む。

手に握られたダガーと大剣が正面からぶつかり合えば、リーチの差で必ず先に大剣の攻撃が届くだろう。

そうなれば自分は死に、今もなおアマンダという女性を人質に取り、最後のあがきを見せる第二王子を守る盾はいなくなる。

それこそが、魔法契約によって行動が制限された暗部であるが故に、王族の命を守るという原則から抜け出せない自分ができる精一杯。

いくら王子が人質をそばに置いていたとしても、この勇敢な男を前にそう長く時間を稼げるとは思えない。

これでようやく魔法大国ルーランスにおける最大の病巣は消滅し、いつの日か第二王子の手から救い出したかった実の妹の尊厳は守られるのだ。


「――――さらばだエルザ。兄はお前の自由と、幸福を、願っている」


次の瞬間。

武器に貫かれたその身体《からだ》から、真紅の血が宙を舞った。

◇

時は遡り、今の時代から二十数年は昔の魔法大国ルーランスにて。

まだダークエルフの兄妹がお互いに切磋《せっさ》琢磨《たくま》し高め合い、国の暗部として配属された先にいる王族のもとで任務を遂行し続けている時代。

彼ら暗部は国の安寧に仇成《あだ》すあらゆる敵と戦い、内外問わずに活躍する魔法大国最強の切り札として君臨していた。

そして、そんな暗部の中でも特に目覚ましい働きをする者が二人。

既に最高位の暗殺者として名が売れ始め、国内の貴族たちに知らぬ者はいないとまでいわしめる存在がいた。

「ほう。常闇と宵闇がまた功績を挙げたか……。敵国と内通している大貴族の首を狩るだけといえば簡単そうに聞こえるが、既に王家の忠臣たるこの二人の暗部の存在は知れ渡っている。警戒される中で、よく確実に任務を成功させるものよのう」

そう語るのは魔法大国ルーランスの国王その人である。

どうやら今回、大国であるが故に必ず生まれる国内の腐敗を切り捨てるため、秘密裏に忠臣の中でも最強と呼ばれる二人の暗殺者を差し向けていたようであった。

しかし、国王である彼が言うように、実力ある者や力を持つ者というのはどんなに隠し通そうとも知れ渡るもの。

それが自らの命を脅かすような存在のこととなれば尚《なお》の事、情報を集めるのは必然。

故に、さすがに大貴族を相手とする今回の任務ばかりは多少の失敗も覚悟し、最悪反逆の証拠さえつかめれば御の字と思っていたのだが、まさか命令通りに暗殺を成功させてくるとは国王にも予想外であった。

「優秀だな、あの兄妹は。いずれそれなりの褒美を用意してやるべきだろう」

「そうですね父上。だが、それだけに実に惜しい……」

「む、なんだフレイド？　今、何か言ったか？」

「いえ、なんでもありません父上。きっと空耳でしょう」

いずれ国を支える大きな柱となる者として、暗部からの報告を受けた国王のそばにいた第二王子フレイドは誤魔化し、考察する。

この兄妹が予想を超えて優秀であるが故に、いずれ魔法契約の穴を突かれ寝首をかかれてはたまらないと。

だからこそただ魔法契約で縛られた暗部の道を歩ませるのではなく、なんらかの濡《ぬ》れ衣《ぎぬ》を着せることで奴隷に落とし支配するのが適切であると、本気でそう考えていた。

自らが下劣であるが故に他人の善意や良心を信用できず、全てを支配できなければ納得できないという外道の考え方。

それこそがこの第二王子フレイド・ルーランスの本質であった。

まず狙い目なのは宵闇。

兄である常闇と比べて情に厚く、今まで好待遇で迎え続けた我ら王家に対し、盲目的に忠誠を誓っている節があるからだ。

一度宵闇を支配してしまえばあとは簡単。

妹を奴隷として人質に取られた常闇はより従順になり、魔法契約で縛られた制限以上の働きを期待できるだろう。

何より、一度奴隷として身を落とすことさえできればあの肢体、心、力の全てを手に入れることができる。

そうなればあらゆる政敵を葬り、第一王子である兄との権力争いで優位に立てるはず。

そう考えた第二王子フレイドは心の中でほくそ笑むと、次の日から様々な妨害を宵闇の前に用意した。

時には父である国王に虚偽の報告を行い濡れ衣を着せ、時には決定的なタイミングで妨害を行い任務を失敗させたのだ。

あまりに急に任務での粗が目立つようになった宵闇に国王は不自然さを感じながらも、この時はまだ表向きには優秀な王子を演じていたフレイドを疑うようなことはできず、そもそもいくら優秀とはいえたかだか一人の暗部相手にそこまで心を砕くこともなかった。

そうして、国王が油断している隙を狙い行った策謀が功を奏したのか、宵闇を手に入れると決意し数年の時が経《た》った頃、ついにその時が訪れる。

数々の失敗と濡れ衣で雁字《がんじ》搦《がら》めになった宵闇はついに、その罪を背負わされ奴隷に落とされることが決まったのだった。

「どういうことですフレイド様！　宵闇が、妹が、王への裏切りを画策しているなど！　どう考えても誤解です！　何か裏があるに違いない！」

「それはできぬ相談だなぁ常闇。既にこれは国王である父上が決定したことなのだ。覆らんよ。

なぁに、お前が大人しくしていれば宵闇の命だけは救ってやらんこともない。なあ、どうする？　俺に従順な忠誠を誓うか？　それとも、お前も一緒に奴隷へと落ちるか？」

そうニヤついた笑みで語る第二王子の姿に、常闇は全てを悟った。

彼としても最近、主であるはずの王族からやけに評価が落ちていると思っていたのだが、まさかその元凶が今まで忠誠を誓っていた第二王子だったとは思いもよらなかったのである。

彼らも暗部であるからこそ、任務の失敗によって命を落としたり切り捨てられたりすることは覚悟しているつもりだ。

だが、さすがにこれはあんまりであった。

この切り捨て方はもはや国のためですらなく、自分たちへのただの裏切りであるからだ。

とはいえ魔法契約によって縛られた自分にできることは今のところ何もなく、訴え出たところで妹と一緒に奴隷落ちになるだけ。

ならば、今は雌伏しこの王子を決定的に誅殺する絶好の機会を待つしかないだろうと、常闇はそう考えたのだ。

「……承知しました。あなたに従いましょう、フレイド様」

「はっはっは！　それでいい！　よぉし、人質を取られたお前のことは、今日からとことん信用してやる。まあ、出世には期待しておけ。俺に従っているうちは良い思いをさせてやるさ！　はははははは！」

もはや笑いが止まらないといった様子の外道を一瞥《いちべつ》すると、その日から常闇はこの男を陥れるために手を汚す決意を固めた。

妹のためにあらゆる汚れ仕事を覚悟した自分は、いずれあの世で罪を償うことになるだろうが、それすらも承知の上。

たとえ自分の命と引き換えにしてでも、必ずこの男の魔の手から妹を救い出してみせると決めたのであった。

◇

時は戻り、闇ギルド本部での戦いにて。

最高位の暗殺者が持つダガーに貫かれた超戦士の腹部から、真紅の血が宙を舞う。

いくらダガーによる攻撃だろうとも、これだけ思い切り武器が突き刺されば命にも関わるだろう。

もはや致命傷といってもいい最後の決定打は、この勝負における超戦士ガイウスの敗北を示していたのだった。

「馬鹿な、なぜ……」

「ごほっ……。くくっ、まあ、待てや。そう簡単に命は投げ捨てるもんじゃねぇぜ？　エルザ夫人のご家族さんよぉ……。どこかで見た面影だと思ったら、そういうことかよ。納得したぜ」

なぜか敗北したはずのガイウスは大の字に床へ倒れると「全てうまくいった」といった様子で満足そうに大剣を手放す。

そのことが常闇には信じられず、いや、というよりもなぜ自分がこの男の大剣に貫かれ死んでいないのかが不思議でならなかった。

本来であれば、リーチの短い自分の攻撃がこの男に届くはずがない。

であればなぜ、今自分はこの場で生きながらえているのか。

そういった思考がぐるぐると巡り、呆気《あっけ》にとられた常闇はその場で立ち尽くす。

「よぉおし！　いいぞ常闇！　さすがは俺の信頼する部下だ！　そのままその筋肉ダルマにトドメを刺せ！　殺せ！　殺すんだよぉ！　いや、この俺がトドメを刺してもいいなぁ！　はははははは！」

自らの部下の勝利を確信したのか、もはや人質すらも必要ないとアマンダを手放しガイウスに歩み寄ろうとする。

しかし常闇が放心し立ち尽くす中、そんな第二王子の姿を見たガイウスは逆にしてやったりと笑う。

「ごほっ……。そうか、そうか。なら、やれるものならば、やってみるといいぜ。第二王子殿下？」

「ククク……。強がりを。いいだろう、ならば一思いにお前の首を――」

王子ですら、そして暗殺者の常闇ですらガイウスの死を確信し、そう言いかけた時。

突然、背後から差し込む黄金の輝きと共に、少年の声が響き渡ったのだった。

――ああ、あなたが馬鹿でよかったよ王子さま。

――これでようやく、この問題を終わらせられるんだね。

そこには瞳を黄金に輝かせた少年が、人質となっていたアマンダの拘束具を砂に変える、とても信じられないような光景が広がっていたのだった。

◇

黄金の輝きを瞳のみならず、体中から溢《あふ》れ出るオーラとして体現させるアルス。

大量の敵を引き連れていたメルメルはいつの間にか姿を消していて、その全てが蹴散らされたことでもう追いかけてくる人間たちが居なくなったのだと分かると、「ばいばいなの」と言ってどこかへ去って行ったようだ。

しかし今はそんなことよりも、この黄金のオーラを全身に纏い、普段とは明らかに違う覚醒状態にあるアルスの方が重要であった。

「で、でかしたぞアルス……。さすが俺の弟子だぜ、ごほっ……」

「無理をしないでくれガイウス。たとえ敵を油断させるためでも、その傷はそれなりにキツいよね。あとは僕に任せてよ。それに今、僕は怒っているんだ……」

第二王子をアマンダから引き離すため、そして王子の命を守るように優先して動かなければならない、魔法的な制限を有している常闇の隙を突くため。

二つの意味で敗北を演じたガイウスは作戦がうまくいったことを確認すると、謎の覚醒状態を維持し続けるアルスへめがけて親指を立てた。

自らが大怪我《おおけが》を負っているというのに、懲りない大男だ。

「そこらへんは大丈夫だぜ。俺もただで刺されたわけじゃねぇからな。戦士の奥儀の一つに内臓上げというものがあってだな。こう、体内の重要な器官を一時的に移動させ……」

「はいはい。もうそれは分かったから安静にしててよ。それと……」

今もなお師匠として、元気に戦士としての授業を始めようとするガイウスに呆《あき》れつつ、一瞬の隙を突かれ茫然自失《ぼうぜんじしつ》となっていた常闇を一瞥する。

するとどうしたことだろうか。

黄金の瞳が一瞬だけ強く煌《きら》めくと、アルスに睨《にら》まれた常闇は、自らを縛っているはずの魔法的な契約が「破壊」されたことに気付く。

「こ、これは!?　少年よ、君は今、いったいなにをした……!?」

「うん。だんだんとこの瞳の力を使うコツが分かってきたよ。そうか、これがメルメルの言っていたブレイブエンジン。願いの力ってやつなんだね。確かに凄《すご》いけど、使い道を誤ってしまったらと思うと、ちょっと怖いくらいの力だ……」

瞳の力、ブレイブエンジン。

かつてメルメルが語っていた「願いの力」の本質は未《いま》だ不明であるが、どうやらこの力は激しい感情によって効果が左右されるらしいことが分かった。

こうしてアマンダの拘束具を砂に変えたのも、常闇の魔法契約を破壊したのも、今のアルスが持つ「激しい怒り」によるものなのだとしたら、これほど恐ろしい力はないだろう。

自らの母を陥れたこと、母を救おうと抗《あらが》っていた男を、今まで契約という名の呪縛で縛り続けてきたこと、これまでの被害者たちのこと。

そういったアルスが憤るだけのあらゆる行為に手を染めてきた第二王子に対し、激しく感情が揺さぶられ、強い願いの力として一時的に覚醒状態に入っていたのだ。

だが常闇を縛っていた契約が破壊されたのは、魔法的な繋がりを持っていた第二王子にも分かったのだろう。

彼は確信していた勝利の瞬間から一転し、絶体絶命の窮地に陥ったことでさらに冷静さを失うのであった。

「な、なんだ貴様はぁ！　それとなぜ、拘束用の魔道具が砂に……⁉　その黄金の瞳はなんだ⁉

分からん……。分からん、分からん、分からん‼　分からんぞぉ‼　なぜ全てがうまくいくはずのこのタイミングで、邪魔ばかりが入る!!」

あまりの事態に自らが窮地に追い込まれていることも忘れ暴走し、髪をかきむしりながら取り乱す。

もはや敵がすぐそばにいるという認識すらもなく、ただなぜ失敗した、なぜなのだ、と叫び続けていた。

その瞳に映るのは自らが手に入れるはずだった栄光と、濁り歪《ゆが》んだおぞましい欲望。

あと少しで全てが手に入るはずだった、あと少しで自らの勝利であったと、もはや正気を失いつつある狂気の瞳で周囲を睨みつける。

「おかしいだろうがぁ！　常闇を脅すことで父上に毒を盛らせて弱らせ、警戒する必要のあるやつがいなくなったと思ったのによぉ！　あとはあの、美しく有能な宵闇すらも従順なペットにして、俺がこの国の頂点に立つだけの、簡単な計画だったはずだ！　なぜだ……！　分からん、分からんぞぉ貴様らぁぁぁあああ!!」

「ああ？　なんだこの雑魚は。この国ではこんなやつが王族を名乗ってるのかよ、シケてんなぁ」

もはや哀れみすら覚える第二王子の姿に、鉄扉の前を守っていた暗部の者たちを気絶させ、既に観戦モードに入っているハーデスは表情を歪める。

今もなお、自らが魔界の王太子であることには変わらない彼女としても、せめて王族を名乗るのであれば最後まで意地を貫き通せという感想を抱いているのだ。

とはいえ、第二王子からしてみればハーデスの事情など知ったことではない。

自分の思うようにならない展開、役立たずの部下、計画を妨害する邪魔者たち。

本質的に思い上がりが激しく、このような状況になっても自分に非があるなどとは一切考えない第二王子は納得がいかず、現実を認めることができなかった。

故に、この絶体絶命の局面で最後の手段に手を出すことになる。

「く、くくくく……。そうか、そうか。そこまでして俺の邪魔をしたいというのであれば止めんよ。ああ、負けだ。確かに現時点で、この場面においてだけはお前らの方が優位に立っている。だが最終的に勝つのはこの俺だ。いつか俺の邪魔をしたことを後悔させてやる……」

周りが怪訝《けげん》な表情をする中そう意味深な台詞《せりふ》を残すと、懐から青く透き通った宝玉を取り出す。

宝玉には魔道具としては明らかに異常な魔力が内包されており、これがなんらかの切り札であることが見て取れた。

もしここで、魔法ではなく魔道具に詳しい者がいれば話は別だったのだろうが、残念ながら今この場にいる者たちの中にははっきりとこの魔道具の効果が分かる者は存在しない。

だからこそ何が起きるか分からない状況に対応できるよう一同は身構えるが、その中で唯一第二王子に魔道具を起動させまいと動いた者がいた。

「悪いけど、それを起動させる前に倒させてもらうよ。……ブレイブ・ブレード！」

次の瞬間。

黄金のオーラを長剣の形に凝縮したアルスの斬撃が、王子の心臓を貫く。

「あなたには次なんてない。これで終わりさ」

「ば、馬鹿な……」

もはや完全に致命傷であり、腹を貫かれたガイウスとは違い心臓にダメージを受けてはさすがにどうしようもなく、血を吐き出しながら床に倒れ込む。

魔法大国の王子にしてはあまりにもあっけない幕切れではあったが、これにて決着、ということになるのであった。

◇

そうしてアルスたちが全てを解決させ、誰もいなくなったあとの元闇ギルド拠点にて。

致命傷を受けて倒れ込んでいた第二王子はピクリと指を動かすと、口から大量の血を吐き出し意識を取り戻した。

「がはっ……！　あ、危ないところだった。まさか万が一のために用意していた常時回復型の魔道具が役に立つとは、さすがの俺も思わなかったぞ。まあ、仮に首を飛ばされ完全に死んでいたら蘇《そ》生《せい》は無理だったがな。……今回は、あの金髪がぬるいやつで助かったといったところか」

胸を貫かれた直後、護身用の魔道具が発動し徐々に傷を塞いでいた第二王子フレイドは語る。

あの直後、意識は完全に途切れていたものの命は断たれておらず、ギリギリのラインで常時回復魔道具の効果が傷を癒し、窮地を脱することができたのだ。

だがそう判断するも、既にこの闇ギルドの周辺は第一王子である兄に知られているだろうし、警備の目もあるはずだ。

この場から歩いて脱出するなど、到底不可能なように思えた。

そう思った第二王子は懐から新たな宝玉を出すと、ニヤリと笑う。

「あったあった。これだ。宝物庫からかっぱらってきたこいつがあれば、まだ起死回生のチャンスはある。あばよぉ邪魔者共。次に会う時は復讐《ふくしゅう》の牙を研ぎ、この国もろとも貴様らを蹂躙《じゅうりん》してやる。せいぜいこの俺の影に怯《おび》え余生を過ごすんだなぁ。くくく、楽しみだなぁ、ああ、楽しみだ！」

――――国宝級魔道具発動、緊急転移！

そうして宝玉を起動すると共に、第二王子フレイドは人知れずこの国から姿をくらましたのだった。

ただ一人、事の成り行きを見守っていた、とある下級悪魔の分身体を除いて……。

◇

……なんだ。

ここはどこだ。

暗くて何も見えんぞ。


俺はいったい、今どこにいる……。

王城の宝物庫から万が一のためにと盗んだ転移の宝玉を使い、どこかに逃げ切れたのは理解しているが、もしや月明かりのない洞窟の中に転移してしまったのか？

ちっ、それだと場所を特定するところから始めねばならんし、国の各地にある闇ギルドに隠していた俺の資産を回収するのに、相当な時間がかかるな。

全く、邪魔者といい転移場所といい、ついてない。

まあ、あの魔道具は場所の指定ができない緊急用だからな、そういうこともあるか……。

いや待て、それもおかしい。

だとすると、なぜ俺は身動きが取れない？

おかしい。

どうなっている。

「よう。お目覚めかい第二王子フレイドくん。我が息子に追い詰められた君が、最後の手段として転移するのは分かっていたから、こうして転移先を石壁の中に固定してみたんだけど、元気してる？　ああ、答えなくてもいいよ。これは俺が一方的に、君の魂を通して語り掛けているだけだからね」

なに？

この謎の声は何を言っているんだ？

それに俺が石壁の中にいるだと？

お、おい……！

冗談はよせ！

今すぐここから解放しろ！

「え～、どうしようかなぁ。でも解放すると君、また悪さをしでかすでしょ。それに俺、これでも約束は守る下級悪魔でさあ。妻であるエルザとの約束のためにも、ここできっちりケジメをつけておかなくちゃと思ってるんだよねぇ」

妻エルザだと!?

よ、宵闇のことか！

そうか、貴様もあの女を支配し、心ゆくまで全てを堪能したかったのだな、分かるぞ！

それで邪魔になった俺が目障りになり、こうして復讐を遂げているということか……！

な、ならばもう俺はあの女に手出しはしない！

もちろん貴様自身にもだ！

だからどうか、ここから俺を出してはくれないだろうか!?

「馬鹿かお前。なぜ俺がそんな上から目線の条件を呑《の》まなければならないんだ。というか、それに対し俺のメリットがどこにある。寝言は寝て言え、ゲス野郎。これからは永遠に壁の中で反省してるんだな。……まあ、お前の意識が壁で摩耗するくらいの頃になったら魂を喰《く》いに来てやるから安心しろよ。じゃあな」

ま、待ってくれ！

こんなところに俺を置いて行かないでくれ！

何もできない、何も見えない、何も感じられない壁の中で永遠を生きるなんて、そんな生き地獄を俺に味わえというのか貴様は！

おい！

なんとか言ってくれ！

頼む！

俺が悪かったから！

誰か、誰か俺を、ここから救い出してくれ……。

頼む、誰か……。

誰か……。

◇

この南大陸でも三本の指には入る大国、魔法文明によって栄えるルーランス王国。

そこではとあるビッグニュースが巷《ちまた》を席巻《せっけん》していた。

なんでも、第二王子フレイド・ルーランスが行ってきた数々の悪事をその兄である第一王子が暴き、国家転覆を狙った反逆者として国民に向けて大々的に発表したのだ。

一つは現国王を毒殺しようとした反逆の大罪。

一つは国王の命令でしか動かないはずの暗部組織を私的に運用した罪。

一つは王国の病巣とも言える闇ギルドと深く関わっていた罪。

最後に、今まで反逆者フレイドによって犠牲になってきた全ての国民に対する、償いきれないほどに大きな罪。

そういった諸々《もろもろ》を第一王子は持ち前の正義感から暴き、最終的に弟の名を国家反逆を目論《もくろ》んだ王国史上最悪の大罪人として歴史に刻んだ。

また、二度とこのようなことが起こらないよう、第二王子と繋がっていた貴族や闇ギルドの者を徹底的に粛清し、全ての者たちに罪を償わせたのだという。

「ひゅぅ！　やるじゃねぇか第一王子。あの取り乱す雑魚を見た時は、人間の王族もシケてやがんなぁと思っていたが、これくらいできるならまだこの国にも救いはあるかもな」

そう語るのは事件を解決した協力者の一人である、ハーデス・ルシルフェル。

彼女は王都を発ってからも度々耳にするこの噂《うわさ》によって、ルーランス王国の評価を改めたのであった。

「いいや。ハーデス嬢、あなたの王族に対する評価は決して間違ってはいなかった。面目ない話だが、あの国は暗部組織という強力な手札に頼り過ぎていたのだ。だからこそ、このような問題が起きてしまった」

強力な手札に頼りきりになれば、その手札が間違った方向に運用されただけで全てが狂ってしまう。

魔法大国ルーランスの政治はこの隙を第二王子に突かれ、今回のような大事件に繋がってしまったのだと常闇の暗殺者、エルガは語る。

「真面目だなぁあんたも。常闇……、いや、エルガだったか？　あの凶悪な元暗殺者《エルザ》の兄とは思えないほどに根が素直なやつだぜ」

「フッ……。妹もあれはあれで可愛いところがあるのだ。どうか分かってやって欲しい」

そんなエルガの発言にアルスやガイウス、アマンダも笑顔で頷く。

特にアルスに至っては尊敬する母の兄がこのような素晴らしい人であったことに、感銘を受けてすらいるようであった。

「だけど、母様の故郷を探すために王都で情報を収集しようと思っていたら、まさかお兄さんであるエルガさんが道案内してくれるとは思わなかったよ。ありがとうエルガさん。おかげで里に張られているというダークエルフの結界にも惑わされずに目的地を目指せるよ」

そもそもなぜルーランス王国の暗部であったエルガが、このアルスら一行の旅に同行しているのかといえば、ダークエルフの里への道案内のためであった。

彼はまだ暗部を正式に引退したわけではないが、一度魔法契約が破壊されたことをきっかけに暇をもらい、しばらく故郷へ帰省するという選択を取ったのだ。

今のルーランス王国は第二王子の罪が明るみに出たことで情勢も不安定で、強い力を持つ常闇の暗殺者というカードをうまく運用できない。

故に、再び同じような過ちの歴史を歩まないためにも第一王子自らが常闇を解放し、しばらく旅にでも出てこいと笑顔で送り出したのだった。

「それこそ気にするようなことではないさ、アルス君。極端なことを言ってしまえば、王国も私も、最終的には君に救われたといっても過言ではないのだ。そんな君の一助となれるのであれば、喜んで力を貸そう」

何より、君はあの妹の一人息子であり、私にとっても家族のようなものだ。

そう締め括《くく》り口角を上げると、人生の先輩としてアルスの肩を軽く叩《たた》いた。

エルガとしても、既に妹が奴隷から解放され自由になり、夫を持ち、息子を持ち、家族と幸せに暮らしているという情報は何より嬉《うれ》しかったのだ。

そんな幸せをもたらしてくれた金髪碧眼《へきがん》の少年、アルスのためであれば、この程度どうということでもない。

「そうだぜアルス！　結局あのゲス野郎以外、誰も殺さずに解決させやがって、イカしてるぜ！　この！　この！　それによぉ、なんだよあの黄金の剣は！　あんな技を覚えてたなんて聞いてねぇ！　あん時のアルスは、そ、その、なんだ……。カ、カッコよかったぞ……」

一時的に覚醒状態になっていたアルスのカッコよさに赤面し、周囲に仲間がいることも忘れノロけてしまうハーデス。

しかしそれすらも気にならないほどに、脳内を覚醒アルスのイケメンシーンで満たされた彼女は幸せそうに表情を崩してしまうのであった。

「はぁ。ガイウス、アンタの弟子はずいぶん罪作りだねぇ。散々女の子を誑《たぶら》かしているっていうのに、こんな可愛いお嬢ちゃんがそばでガードしてたんじゃ、あの娘たちのつけ入る隙がないよ」

「アマンダの言う通りだぜ。おう、ぐうの音もでねぇな！　がっはっはっは！」

罪作りなのはガイウスも大概で、今度こそ別れるつもりはなさそうなアマンダを連れて旅をしている時点で同じようなものなのだが、そんなことにこの巨漢が気付くはずもない。

彼はただありのままの事実を受け入れ、この楽しい仲間たちとの旅に大笑いしてしまうのだった。

◇

「どうやら、アルスは順調に旅を続けているようだな。ガイウスにもめでたく嫁さんができそうで、よかったよかった」

やあ、どうもこんにちは。

どこかのゲス王子を石壁に埋めたり、我が息子の冒険譚《たん》の録画に余念がなかったりする、どこにでもいる地獄の下級悪魔、カキューさんだよ。

本日はめでたくガイウスに嫁さん候補ができたということで、現在は城の中で妻のエルザと「ガイウスおめでとうパーティー」を二人だけで開いているところだ。

時々美味《おい》しそうな料理の匂いにつられてペットの火竜《ボールス》が寄ってきたりもするので、実質的には三人みたいなものかな？

まあ、そんな細かい話はさておき。

「いやぁ、ああは言ってるけど、アマンダさんもけっこうガイウスにベタ惚《ぼ》れだねぇ。いくら旅をするにはちょうど良いとはいえ、けっこうガチな感じで同行を迫ってたよね。こう、連れて行かなかったら刺すみたいな表情で。女って怖いわ」

彼女、今度こそガイウスを手放すまいとけっこう必死で、同行を提案する時もあの手この手で自分の価値をアピールしていたのだ。

このパーティーには斥候職が足りないとか、現役のS級冒険者を一人でも旅に加えることは大きな益になるとか、その他あらゆる意見を色々と。

確かに言っていることはとても正しいので、交渉力の足らないこのパーティーにはうってつけの人材ではあった。

なのでみんなも旅に同行することを笑顔で承諾したし、何よりアルスは自分のせいで婚期を逃しつつあるガイウスに、世話になった弟子としてせめてもの恩返しをしたかったのだろう。

今回その恩返しが成ったことで、まるで心の重しが一つ取れたかのように晴れやかな笑顔を振りまいている。

「ふふふ。私はあのアマンダさんの気持ちも分かりますよ。もし私が旦那様と離れ離れになるかもしれないのなら、少なくとも交渉のために、まずは首へナイフを当てます。話はそれからですね」

「そ、そうでしたか……」

待て待て！

怖いよエルザママ！

いや、愛してくれているのは嬉しいんだけどね！

それに本当はナイフを当てるだけで、実際には首を掻《か》き切ったりしないよね？

もちろん冗談ですよね？

冗談って言ってくださいエルザママ！

「……ふふ。冗談でございます」

こ、怖ぇえええ！

え、なんで今間が空いたの!?

え、なんで!?

その冗談の部分を全く信用できないのですが!?

「まあ、そのようなことは起こり得ませんので、このお話はもうよろしいでしょう。それよりも、我が兄のため、そして私のために旦那様がお怒りになってくださったことが、私は嬉しいのです」

「………………」

当然だ。

あの時、必ずエルザの復讐を手伝ってやると約束したからな。

であるならば、最後まできっちり面倒を見るのがこの俺の役目というものである。

それに、俺は下級とはいえ悪魔だ。

そして、悪魔が交わした契約《やくそく》は、絶対に破られることがない。

嘘《うそ》や騙し打ちが基本な地獄界でも唯一の、いや、唯一だからこそ絶対不変のルールなのだ。

まあ、だからこそ悪魔が契約を交わすのは、よっぽど信頼し、気に入った相手のためでなくてはならないという面もあるのだけどね……。

「しかし、これで旦那様が私に拘《こだわ》る理由の一つがなくなってしまったと思うと、少し寂しくもありますね……。今回は状況的に仕方のないことだったとはいえ、あのようなゴミ、もはや興味すらなく放置していても良いと思っていたのですが……」

そう言うエルザの顔には少しだけ哀愁が漂っており、今まで俺を独占する理由にもなっていた約束が達成されてしまったことに、若干の後悔も見受けられた。

何を今さら。

そんなことで妻となった女を手放すことも、裏切ることもありえないというのに、とは思わなくもない。

だが、こういうのは態度で示すものだ。

であるならば、こうするのが適切であろう。

「大丈夫だエルザ。俺はお前を愛しているし、その気持ちはこれから先もずっと同じだ。何も心配しなくていい」

「あ、あの……？　旦那様、なにを……」

なに、ちょっと俺の美しいお姫様を優しくだっこして、ふかふかのベッドに直行するだけである。

そう、心配などしなくていいのである。

「もう。仕方のない旦那様ですね」

「はっはっは！　よく言われるよ！　特にこの美しいお嬢さんにはね！」

「ふふふっ」

こうして、俺とエルザの間で交わされた十三年前の約束は、見事に果たされたのであった。

幕間

未開拓であるが故に自然豊かな南大陸の西北端。

別名人間大陸とも言われる西大陸行きの船が往来する、海に面した浜辺にて。

アルスら一行が新たな仲間を増やしつつも旅を続けている頃。

今日も功績を積むために頑張っているちびっこ天使メルメルは、無事に一日を終えたご褒美として、キャンプファイヤーの前で一息ついていた。

「ふぃ～。仕事あがりのミルクはサイコーなのよ。え～っと、今日はなにしたんだっけ？　枯れかけているお花に水をあげて、転んだちびっこをなでなでしてあげて、弱っていた犬にミルクをおそ分けしてあげたんだっけ？　いっぱい功績を積んだのよね～」

こんなに毎日功績を積むなんて、優秀過ぎて困っちゃうわ。

そんなことを独り言《ご》ちながら、メルメルは転んだちびっこの親からもらったミルクをチビチビと飲む。

確かに、一つ一つは小さな出来事だ。

だが、確かにメルメルによって救われた花、前向きになった子供、お腹《なか》を満たした犬は存在したのだ。

千里の道も一歩から。

ちょっとずつでも誰かに優しくしていくこと。

それが下界に降りてからの三年間でメルメルが学んだ、とても大切なことであった。

そんなことを、もう夜だしということで眠たそうな顔をしながら語る。

しかし、その時だった……。

突然、目の前でちょうど良い感じに調整されていたキャンプファイヤーの火が轟々《ごうごう》と勢いよく燃え上がり、全てを焼き尽くさんばかりに暴走し始めたのだ。

「な、なんなのよ!? なんでキャンプファイヤーがこんなに元気なのよ!」

意図していなかった勢いに大きく慌て、このまま火の勢いが強くなれば浜辺から離れた民家にも引火しかねない、とても大変な事態になってしまった。

早く火をコントロールしなければ、傷つく人も出てきてしまうかもしれない。

もしかしたら、今日助けた子供の家にも火が点《つ》いたりするかもしれない。

たとえいつも呑気《のんき》にキャンプファイヤーを楽しんでいる幼女でも、助けてきた人たちのことを思うと、気楽に構えてはいられなかった。

そんなこと、許せなかったのである。

「負けないのよ！ こんな火に、このエリート天使のあたちが、負けるわけないのよ！ 鎮まれないの！ 鎮まっちゃえなのよ!!」

追放されたことで小さくなってしまった天使の力を精一杯に込めて、必死に火の制御を取り戻そうと努力する。

昔のメルメルであれば、「やっちまったのよーーー！」といって逃げていたことだろう。

だが、とある人間にアイアンクローされて龍脈の危険性を教えてもらったり、龍脈の制御に失敗したことを反省したり、ちょっとずつ重ねてきた善行の影響か、今回だけは諦める気になれなかった。

これこそが、昔までとは違うちびっこ天使の内面の成長だったのである。

「あたちを……！　メルメルを、舐《な》めるな！　なのよーーーーー!!」

そうして火と格闘してどれだけの時間が過ぎただろうか。

轟々と燃えていたはずのキャンプファイヤーは徐々に小さくなり、ついに元の大きさにまで戻ったのであった。

成長したエリート天使メルメルの、完全勝利である。

「ふぅ。やりきったの。なかなか手ごわい相手だったけど、あたちの敵ではなかったの」

さすがエリート、こんな時でも冷静ね、と自画自賛しながら再びキャンプファイヤーの前に陣取った。

「でも、こんな火を制御するくらいじゃ、まだまだなの。思いあがってはいけないのよ。いつか天使長をびっくりさせてあげるくらいの功績を積むには、全然足りないの。あたちはエリートだから、何かおっきなことをしなくちゃ、びっくりしてくれないのかも」

天使長のプレアニスは結構厳しいので、もしかしたらこれくらいじゃ働いたうちに入らないのかもと、少しだけ不安になる。

しかしそんな不安な気持ちを天は見透かしていたのか、キャンプファイヤーの前で火を眺めていたメルメルの背後から、突然声がかかったのであった。

「そんなことはありませんよ。あなたは私の予想を大きく超えて功績を積み続ける、立派な天使です。私もあなたを下界に送り出した者として、この炎の最終試練を課した者として、とても誇らしく思います」

「ふえ？……あっ！　天使長！」

「かっこよかったですよ、メルメル。まさか、この天使長である私が燃え上がらせた炎の制御を、さらに超える制御力で上書きするとは……。ふふっ。本当に、おみそれしました」

そこに現れたのはなんとかつての上司、天使長のプレアニスだった。

プレアニスは抜き打ちで行われた最終試練を突破したメルメルにウインクしながら、「もう火の属性に関しては、完全に私を超えましたね」と絶賛する。

そう、この一連の暴走の全ては天使長の仕業であり、数々の冒険をこなしてきた今のメルメルがどれくらいの成長をしたのか確認するための、試験だったのである。

もちろん意図的に起こしたことであるから、この最終試練に失敗しても火の勢いは勝手に収まっていたし、被害は出なかっただろう。

だがどうやら、そんな心配は必要なかったようだ。

そんな感想を抱きながらも、振り返ったメルメルへと慈愛の籠った微笑《ほほえ》みを向けると、ゆっくりと抱きしめた。

「今まで、よく頑張りましたね。私は天界から見ていましたよ。時に誰かに優しく、時に悪を打倒し、時に勇者を導くあなたの旅を、ずっと……」

抱きしめた頭をなで、「いいこいいこ」しながら、今まで頑張ってきた三年間の功績を語る。

全て知っていたのだ。

小さな善を積み重ねていることも。

キャンプファイヤーで邪竜や悪人たちを成敗したことも。

勇者の旅にこっそりと同行し、ちょっとした幸運で助け、導き続けていたことも、全部。

「あたち、天使長をびっくりさせてあげられた？」

「ええ。とても驚きました。まさにエリート天使の名に相応《ふさわ》しい、目覚ましい活躍ぶりでしたよ」

「そっかぁ……」

それならもしかして、今の功績を積んだ自分なら、旅をして色んな経験を積んだ自分なら、エリート天使の座に返り咲くことも夢ではないかもしれない。

だったらもう、天界に帰ってもいいのかな。

なんて、そんなことをちょっとだけ思うメルメルであった。

「どうしますか？　天界に帰り、またエリート天使として復帰しますか？　私はそれでも構いませんし、嬉《うれ》しく思いますよ？」

「う～ん」

でも、なぜだろうか。

今のメルメルの中にはやり残したこと、もっとやりたかったことが一杯あって、このまま下界から離れてしまったらもったいない気がしたのだ。

なぜならこのちびっこ天使は……。

「ううん。やっぱりやめておくの。あたちなら、まだまだビッグなことができる気がするから。見くびらないで欲しいのよ」

そう。

なぜならこのちびっこ天使は、どこまでも大きな目標を掲げる偉大な幼女天使だったのだ。

いうなればこれは、メルメルスーパードリーム。

持ち前の幸運と自信、そしてキャンプファイヤーで果てなき夢を追いかける最強のチャレンジャー。

それこそが、この下界で成し遂げたい何かであった。

「そうですか。……ふふ。ですが、あなたならきっとそう言うのではないかと、うすうす感じていました。そこで、炎の最終試練を突破したお祝いも兼ねて、私からもプレゼントを用意しています」

プレゼントと聞いて、なんだかわくわくして目をキラキラさせてしまうメルメル。

基本的に貰《もら》えるものはなんでも貰っておく逞《たくま》しい性格なので、こういうイベントは大好きなのであった。

「なになに？　なんなのよ？　あたちに何かくれるの？」

「ええ、とっておきのプレゼントです」

そう言うとプレアニスはそっとメルメルのおでこに口づけして、どこからか取り出した金メダルを首にかける。

その金メダルには天使姿のメルメルが描かれており、ピースサインをしながら笑っている微笑ましいものであった。

しかも金メダルの裏に書かれていたのはなんと――――。

――あなたを火と幸運の権能を司《つかさど》る導きの天使メルメルとして、ここに認定致します。

――エリート天使の今後に期待を寄せている、天界の仲間たち一同より。

という、応援の言葉であった。

これにはちびっこ天使もニッコリである。

「えへへ。あたち、みんなに凄《すご》いって言われたの？」

「ええ、そうですよ。あなたは凄いんです。そしてついでに！　ここに頑張ったあなたへのご褒美として、私のおやつにしようと思っていたチョコマシュマロ一箱をプレゼント！　どうです、やる気が出ましたか？」

プレアニスから金メダルとチョコマシュマロを受け取り、大事そうに抱えるちびっこ天使。

念願の「いいこいいこ」と、天界のみんなからの応援、ついでに美味《おい》しそうなチョコマシュマロを貰えてご満悦なのであった。

ただ、どちらかというと目線は金メダルよりもチョコマシュマロに向いており、涎《よだれ》が垂れていることから、もうそのことしか頭にないことが分かる。

またそのタイミングで、そんな食いしん坊なちびっこ天使の新たな旅路を祝福するように、小さい身体《からだ》に秘められたとても大きな夢が溢《あふ》れ出すように、キラリと光る虹色の流星が夜空を照らすのであった。

「さあ、お行きなさい。火と幸運を司る導きの天使、メルメルよ。今日からあなたはネオ・ニュー・メルメルとして旅立つのです！」

「うい……！　なんだか力が湧いてきて、凄いのよ！　あたちは今日から、ネオ・ニュー・メルメ

ル！　無敵になっちゃったのかちら⁉　ふぁいあー！　ふぁいあー！　ＦＨＯＯＯＯ！」

なんだかちょっとノリノリな天使長は新たなニックネームを授けると、表彰されたちびっこ天使を送り出す。

だがこんな軽い調子の盛り上がり方でも天使の力は健在で、火の制御をマスターしたメルメルのキャンプファイヤーはいつもより盛大に燃え上がる。

ただし、どれだけ燃え上がってもなぜか熱くはない、邪悪なる者だけを滅する「天の聖火」として煌《きら》めくのであった。

よかったねメルメル。

これからはおもいっきりキャンプファイヤーができるね。

ちゃんと試練を与えてくれた天使長にお礼を言うんだよ。

「ありがとうなの。それと、ばいばいなの天使長！　あたち、きっとビッグになって帰ってくるから、期待しててなのよ！」

みんなに認めてもらえたことでテンションが振り切れたのか、背中から天使の翼を生やして元気に飛び去って行く。

とても上機嫌な飛びっぷりは縦横無尽で、これからちびっこ天使が何を成していくのか予想がつかない、そんな旅路を体現しているかのようであった。

「行ってしまいましたね。あの方角だと、西大陸のカラミエラ教国付近に辿《たど》り着くのでしょうか。

……なんにせよ、あの子の活躍がまた見れるのだと思うと、不覚にも私、わくわくしてきました。

ふぁいぁ～！　でしたっけ？　ふふ」

まるで弾丸のように去って行った部下の天使、いや、自らの子供のように思っているちびっこ天使の真似《まね》をすると、ちょっとだけ幸せな気持ちになった天使長プレアニスの姿は、いつの間にか見えなくなっていたのであった。

第三章

Reincarnated Devil's Plan for Raising the Strongest Hero

メルメルがチョコマシュマロを貰《もら》ってからしばらくの月日が流れ、アルスら一行が仲間を増やしつつ旅を続けている頃。

ところ変わって、カラミエラ教国の皇都にて。

聖女イーシャ・グレース・ド・カラミエラは教国の腐敗を正すため、いつか自らの友人であるハーデス・ルシルフェルが笑って訪れられるような国にするため、今日も国の改革に精を出していた。

「あ～もう！　どうしてウチの国はこんなに問題が山積みなのかしら！　人間至上主義の度が過ぎる子爵が起こした亜人売買の件が一つと、侯爵家に紐《ひも》づいた悪徳商人が密輸している違法植物の件が一つ。……それと、どこかの教会で夜な夜な、キャンプファイヤーの火が上がっているという報告もあるわね……」

とても怪しいわね、と聖女は語り手元の資料を眺める。

豪華絢爛《ごうかけんらん》な自らの個室に用意されたあらゆる資料には、どこぞの貴族が起こした不正の証拠から、不確定ではあるもののそういった気配のあるものまで、様々な調査結果が記されていたのだ。

というのも、この国の皇女としての権力もさることながら、正真正銘の聖女であるイーシャにはファンも多く、彼女の手となり足となり働く者たちは無数に存在している。

故に力は集中し、齢《よわい》十三というまだ成人すらしていない未成年でありながらも、皇女という立場以上に動かせる手駒は多かったのだ。

だからこそこうして教国の腐敗を調査することができ、様々な情報から今後の方針を決めることができるのである。

「とはいえ、侯爵の件に関してはあくまでも商人の罪。証拠が見つからない以上大貴族を罰することはできないわ。悔しいわね……」

ただ、それでも隠れて動いている者たちを洗いざらい、というわけにはいかない。

手の届かないところや目の届かないところなどいくらでも存在していて、歯がゆい思いをしているのも確かであったのだ。

そんな毎日忙《せわ》しなく動く聖女イーシャの姿に思うところがあったのか、彼女のそばで佇《たたず》んでいた護衛の青年、近衛《このえ》騎士エインが声をかけた。

「お嬢様、気持ちは分かりますがまずはお休みになったらどうですか。この三日ほど、まともに寝ていないでしょう。それにもうすぐ十四歳の成人式。これからが大事な時期なのです」

既に十八歳となり、聖女付きの近衛騎士団でも副団長を任されるほどに出世したエインは語る。

十三歳も後半となり、これから成人式を控えている教国の皇女に何かあってはいけないと。

だがそんな正論を語ろうとも、この暴走聖女超特急が聞く耳を持つはずもなく、真っすぐに自分の信念を貫き通すために首を横に振った。

「ダメよ。動けない理由を一々考えていたら、何もできなくなる。私は私のやり方で、この国を正していくことにしたの」

それに、と一息いれて聖女イーシャは続ける。

「最近この皇都で妙な噂《うわさ》を聞くのよ。本来城下町の者が知り得るはずのない、どんな情報にでも精通している、謎の情報屋が現れたっていう噂をね……」

聖女イーシャが調査した限りではあるが、側近であるメイドが城下町で買い物をしている時にも、カラミエラ城の料理長が食材を仕入れた時に居た担当の業者からも、はたまた歴史教育係の先生が本屋に立ち寄った時にもまた、同じ噂を聞いたりしているというのだ。

これは確実に何かある。

本当にそんな人物がいるのかもと、そう思わせるだけの説得力があったのだ。

「確か、その情報屋は皇都郊外のとある掘っ立て小屋で一人暮らしをしていて、黒いフードと気味の悪い仮面を被《かぶ》った中級商人で、チュウキューを自称しているらしいわ。一度行ってみる価値はあるわね」

情報屋なのか商人なのかはさておき、場所まで特定できているのならば話は早い。

近衛騎士である剣聖エインを連れて、目的の場所へと真偽を確かめに行くだけでよいのだから。

護衛という面で言えば、近衛騎士としても剣聖としても多大なる評価を得て認められているエインさえいれば特に咎《とが》められることもない。

城壁の外にある田園地帯とはいえ、あくまでもカラミエラ教国の皇都の一部だ。

そのくらいの移動であれば、自由時間の捻出も含めて不可能な話ではなかった。

そうして翌日。

無理やりにでも暇を捻出した聖女イーシャとエインの二人組は、沢山の人が往来する整備された美しい街並みを抜け、城壁の外へと赴き予定通りに目的の場所を見つける。

場所は皇都郊外にある田園地帯の中でも特に貧しい者たちが住むところで、さすがにスラムほどではないが、ところどころ屋根が欠けている家も見受けられるかなり寂れた空気感の場所であった。

そんな中に木材でできた掘っ立て小屋が一軒だけあり、周りにある石材でできた建築とは一風変わった風情を感じる、豪華ではないが妙に使われている建材が新しい新築の住宅。

それこそが噂になっていた謎の情報屋が潜む場所なのだと、事前情報を知っていれば、なんとなく直感的に分かる作りになっていたのである。

「たのもー！」

「お嬢様、はしたないですよ」

「いいのいいの。このくらいじゃなければ、何でも知っているという情報屋に舐《な》められるわ。ここは元気よく行くのがベストよ！　アルス様がここにいたら、きっと怖気《おじけ》づいたりしないもの
……！」

などと、説得力があるのかないのか。

いちいち聖女漫才を挟みつつもアルスを引き合いに出し、勢いよく扉を開けるのであった。

「やあ、いらっしゃい。元気なお客さんだね。本日はどのような情報《しょうほう》をお求めかな？　安くしておくよ。ククク……」

そうして落ち着いた声と共に現れたのは、噂通りの黒いフードに、奇天烈《きてれつ》な模様が描かれた仮面を被る情報屋。

自称中級商人のチュウキューその人なのであった。

◇

「さあ、洗いざらい情報を喋《しゃべ》りなさいチュウキューとやら！」

「おやおや、これは元気なお嬢さんだ」

やあ、どうも聖女ちゃん。

中級商人のチュウキュー、もとい下級悪魔のカキューさんだよ。

うむ。

こうして予定通りにことが運ぶと嬉《うれ》しくなるね。

まあ、十中八九以上の割合で成功するつもりで動いてはいたけどさ。

でもやっぱり、本人が来るかどうかは本人次第だし、絶対ではなかった。

あの手この手で聖女ちゃんを釣るために、時には城へ食材を卸しにいく業者、時には街人、時には本屋の本の隙間に挟まっている置手紙で工作してみたのだが、うまくいったようだ。

別にこの掘っ立て小屋に来ないなら来ないで、教国の腐敗を正そうと頑張る聖女ちゃんを応援するだけ。

だけどもし、何かこの状況を打開する突破口や手がかりを求めているのであれば、ほんの少しだけではあるが助力してあげようと思った次第である。

今回のこのチュウキューの存在は、それだけのために用意したものであった。

教国を正す物語の主人公は、あくまでも聖女イーシャちゃんと、剣聖エイン君のものである。

俺はただこっそりと、少しだけ手を差し伸べてやるのがお似合いの、どこにでもいる下級悪魔ということなのだろう。

むしろ、そうでなければならないのだ。

◇

全く、お嬢様の猪突猛進《ちょとつもうしん》ぶりには困ったものだ。

三年前のあの日。

ドラシェード辺境伯の依頼で赴いたダンジョン攻略にて、最終的に戦うこととなった上級魔族や三魔将との激戦から帰還してからというもの、俺が止める間もなく毎日のように国を良くしようと努力なされている。

そのことは分かるのだが、それでもやっぱり日々の疲れは溜《た》まっていく一方で、今日こうして皇都郊外まで徒歩で足を運んだのも息抜きという意味合いが強く残っていた。

目標に向かい、毎日を精一杯の努力で前進してくれているのは護衛としても、お嬢様の幼馴染《おさななじみ》としても嬉しいことではあるのだが……。

まあ、そんなことを言っても仕方のないことか。

あの日、ハーデスさんと出会ってから、お嬢様は少し変わったのだから。

今までも亜人に対する差別などなかったが、今はさらに、なんというか……。

そう、本当の意味で隣人を愛することを覚えたように思えるのだ。

たとえそれが、魔族であったとしても。

種族ではなく、本人の心そのものを見るようになったように思える。

……そんなことを、剣の道しか歩んでこなかった俺が言っても、全く説得力はないかもしれないが、そう感じたのは事実だ。

そんなことを思い出しながらも、今は目の前にいるこの油断ならない人物に注意を払う。

「さて、君たちが知りたい情報は何かな？　だが当然、この中級商人のチュウキューたるもの、タダで情報《しょうひん》を手渡すわけにはいかないのだけどねぇ？」

そう語りかけるのは中級商人を自称し見るからに怪しい風体で佇む、謎の情報屋チュウキュー。

彼がやり手の情報屋というのは確かな情報なようだ。

そもそも情報屋というのは職業柄、逆恨みした者たちへ対処するためにも、自らの命を守る戦闘力は最低限確保しておかなければならない。

その観点で言えば彼には一切の隙がなく、俺が急に斬りかかったとしてもなんらかの行動で対処してくるだろうことが、ありありと分かった。

これは仮にの話だが、もしここで俺と彼が敵対したとしても、勝てるというビジョンが全く思い浮かばないのだ。

参ったな、本当に……。

これでも俺は国では剣聖と呼ばれ、既に最強の聖騎士であった父すらも超えたと目されているというのに、この体たらくとは。

この状況では、お嬢様を守り切れると確信を持って言うことはできない。

由々《ゆゆ》しき事態である。

できることならば、お嬢様には彼を刺激しないよう穏便な対応を心掛けて欲しいものだ。

「対価が必要なのね？　それなら、お金を沢山持ってきたわ！　平民であれば一生遊んで暮らせるだけの金貨よ。さあ、受け取りなさい！」

「は？　そんな物はいらん。帰れ」

「な、なぁぁんですってぇええ!?」

そ、そりゃあそうですよお嬢様……。

彼は明らかに普通じゃない。

いくら用意したものが大金とはいえ、金だけで動くような二流とは思えない。

もちろん金は必要だろうが、こういう一流の人物はもとより生活には困っていないことが多く、何よりも客に対し自分が力を貸すだけのメリットがあるかどうかを考えるものなのだ。

俺もそこそこ近衛騎士として経験を積んできたからこそ、彼の言っていることの意味がよく分かる。

するとやはりと言うべきか、こちらが何か盛大に勘違いしていることを悟ったチュウキューなる情報屋は、俺とお嬢様に対してヒントのようなものを提示してきた。

「そうだねぇ。交渉の前に一つだけ、君たちにとても良い事前情報をプレゼントしようじゃないか」

「な、なによう？」

ちょ、ちょっと！

そんな前のめりにならないでくださいよ。

近接戦闘が得意ではないお嬢様が相手の能力に気付けないのは仕方ないにしても、せめて護衛する俺の身にもなって欲しいですね……。

「お嬢様お気を付けください。この男、どこか得体が知れません。まさかありえないとは思いますが、万が一にも俺より強い存在であれば、油断したお嬢様を守り切れない可能性すらあります」

そう言って俺が前に出ることでチュウキューとの距離を強引に開け、せめてもの守りを完成させる。

だが、そんな俺の反応が何か彼の琴線に触れたのか、少しだけ態度が柔らかくなる。

なぜお嬢様を守ることが彼の好感度に影響するのだろうか？

それとも、別の何かが影響しているのか？

「ふむ。そこの剣聖殿の判断が良かったから、少しサービスをしようか。まずプレゼントの情報に関してだけど……。君たちが追い求め目標にしている金髪碧眼《へきがん》の少年は既に、遥《はる》か先にまでその存在を高めてしまっているよ？　もっと具体的に言うとだね……」

謎の情報屋、チュウキューは語る。

俺のライバルでありお嬢様の想《おも》い人《びと》でもあるアルスは、南大陸で三本の指にも入る魔法大国にて第二王子の不正を暴いて人々を救い、さらに数々の冒険の果てに、ついに黄金の瞳の力を使いこなしつつあると。

既にその力は属性竜すらも軽く屠《ほふ》り、それどころか属性竜の中でも最上位と名高い光や闇の属性を持つ、いわゆる聖竜や邪竜と言われる超常の存在まで単騎で討ち果たすレベルに到達しているのだと。

もしそのことが本当のことであるならば、もはや今の俺では到底太刀打ちできない、とんでもない領域にあいつは足を踏み入れ始めているということになる。

とはいえいくらアルスでも、まさか伝説の勇者でもあるまいに、そんなことがあるわけない……。

そう思いたくとも、理性が彼の言っていることが本当であると訴えかけてくる。

だってそうだろう。

大前提として、ごく一部の者しか知らないような情報すら手中に収めているような彼が、俺たちを騙《だま》す理由なんてどこにもないのだ。

もし騙すなら、バレないようにこっそりと、俺ごときでは気付かれないようにうまく騙すことができるはず。

そうしないということは、つまり……。

「と、いうことなのさ。今の自分たちに足りないものが何なのか、少しは理解してもらえただろうか？」

「くっ……！」

何もかも全て、この情報屋の言う通りであった。

この時点で既に、一枚も二枚も交渉で上を取られている。

ここは一度出直した方が良いかと、そう思った時。

今まで黙ってことの成り行きを見守っていたお嬢様が動いた。

「確か、チュウキューと言いましたね。あなたはいったい、何者なのですか……。本人以外では私やエインしか知らない情報を知り、海を渡った大陸での活躍を知り得るなど、尋常ではありません……。しかし、あなたの情報が信用に値するものだということは、痛いほどに理解できました」

「おお。ようやく本気になったみたいだね聖女様。そうそう、そうこなくてはね」

どうやらお嬢様は、あまりにも現実味のある貴重な情報を用意するこの情報屋を信用し、逆に彼を取り込むべく、これでもかというくらい誠実に対応する方針に切り替えたようだ。

先ほどまでの勢い任せな態度は鳴りを潜め、今は皇女として、聖女としての態度を前面に押し出している。

これならあるいは、有益な取引ができるかもしれないな……。

「まあ、俺が何者かなんてのは、わりとどうでもいい話では。君たちが知りたいのは不正の証拠が摑《つか》めない侯爵家の情報だろう？　いいよ、お代は後払いということで少しだけ掻《か》い摘《つま》んで話そう」

そう言って彼は一拍置くと、カウンターの下からとある資料を取り出した。

なんだ、今度は何が出てくるんだ。

まさか、不正の証拠が既に用意されているとか言わないでくれよ。

「そして、これが不正の証拠だ」

「あ、あなた……。こんなものをどこで……」

…………。

…………。


いや、おかしいだろ！

なんで不正の証拠がポンッて出てくるんだ!?

数多《あまた》の部下や手駒を持つお嬢様ですら入手できないはずの資料を、なぜお前が何気なく提出できる！

あ、怪しい……。

資料の信ぴょう性がどうとかいう意味ではなく、いやむしろ、その資料の信ぴょう性が高すぎるからこそ、この男の素性が怪し過ぎる。

今は敵対していないようだから安心できるが、もしかして、この男がその気になったらカラミエラ教国を裏から牛耳ることすらできるのではないか？

い、いや、さすがに無理だろう。

無理であって欲しい。

「まあ、俺がどうやってこの証拠を集めたのかはさておき。これをどう利用するかはお嬢さんに任せるよ。ただし……」

「ただし？」

ま、まだ何かあるのか……！

「ただし、できることならば。この情報を得た君たちが、俺の予想を超える結末をもたらしてくれることを願っている」

「…………!!」

「期待しているよお嬢さん。いや、聖女イーシャ・グレース・ド・カラミエラ。あの治癒不可能と言われた不死病に対し、君の力がどこまで通用するのか、そして侯爵を相手にどう立ち回るのか……。本当に見ものだね」

本当に、全てを理解しているというのか……。

確かに、お嬢様が必死になって集めた情報の中には、ガレリア・フランケル侯爵が不死病に関する研究を進めているという話があった。

だが、それはお嬢様がやっとの思いで手に入れた、最新の手がかりだぞ？

お前が知っているだけならともかく、俺たちがその結論に辿《たど》り着いていたというところまでなぜ理解しているんだ……。

恐ろしい。

俺はこのチュウキューなる情報屋が、これ以上なく恐ろしく感じる。

「そう、ですか……。今までの侯爵からは考えられないくらいの不正に、重税。動きが不自然でしたから、まさかとは思っていましたが……」

「お嬢様……」

しかし、そんな恐ろしい相手だからこそ、今こうして味方でいてくれることが何よりも心強い。

不思議なことではあるが、俺はこの男を畏怖すると共に、言葉では言い表せない強い信頼を抱いているのだ。

「おっと、それはそれとして。君たちから代金を頂かなくては」

「そ、それは……」

「なに、簡単な話さ。聖女様はそこの剣聖殿のことを、男としてどう思っているのかと思ってね。

――ああ、もういいよ。何も言わなくていい。これで取引は成立だ。確かに報酬は頂戴したよ。

しかし、やはりそういうことか……。ク、ククククク……」

そんな、ちょっと意味の分からない質問をしたチュウキューは、瞳の奥を赤く光らせてクツクツと笑うと、最後の最後で邪悪な気配を漂わせるのであった。

◇

「まだか！　まだあの商人から連絡は届かないのか!?」

「はっ！　申し訳ありませんフランケル侯爵閣下！　どうやらかの商人は皇女殿下に不正の証拠を握られたことを察したのか、連絡を取ろうにも姿を見せず……。それどころか、既に国外へ逃亡した可能性すらあります」

時は聖女イーシャが謎の情報屋と接触してから、凡《およ》そ数週間後。

カラミエラ教国の南東に位置する、南大陸と交易のある港町。

大貴族であるフランケル侯爵が治める侯爵領の、城と見まがうほどに立派な作りをした侯爵邸にて。

他大陸と交易を行っている中心地だからこそ様々な物資が手に入り、さらに船を通じた密輸が行いやすいこの場所は、しかしだからこそ逃亡するのにもうってつけな条件が揃《そろ》っていたのだ。

恐らく侯爵から大金を稼いだ商人は教国の皇女を敵に回した以上は危険だと判断し、ここが潮時だとしてどこかへと姿を晦《くら》ましたのだろうということが、彼らにはハッキリと理解できた。

「くそっ!!　もう時間はないのだぞ！　もはや不死病の禍々《まがまが》しい魔力が完全に行きわたるまで、あと一月もない……！　今ここで手を打たなければ、妻は、娘はどうなる!?　不正だのなんだのと、そんな小さいことに拘《こだわ》っている場合ではないのだ！」

ガレリア・フランケル侯爵は手に持っていた失敗作のポーションを床に叩《たた》きつけると、焦燥感に駆られた表情で逃げ出した商人と、それを追い詰めた聖女に憎しみの感情を向ける。

悪徳商人と手を結び違法植物を購入していたのも、そんな商人と取引するために法外な金を用意する必要があり、結果として民に重税を課していたのも、全てはこの不死病を患った家族を救うため。

そう。

このことから分かるように、ガレリア・フランケル侯爵は不正に手を染め悪に堕《お》ちようとも、彼が本来持つ善性、その本質が完全に消え去ることはなかったのだ。

「心中お察しします……」

「いや、よい……。取り乱してすまなかったな。思えば君はよく働いてくれている。思うようにいかないからといって、部下に当たるような真似《まね》をする無様な私についてきてくれることを、ありがたく思っているよ……」

それに、皇女殿下は何も悪くはない、悪いのは私だ。

侯爵はそう呟《つぶや》くと、力なく椅子へと腰掛ける。

分かっているのだ。

領民を背負って立つ自分が、身内を守るために重税を課すなどあってはならないことなのだと。

知っているのだ。

違法植物を手に入れるために悪徳商人と手を結ぶということが、法の指標となる貴族の価値そのものを貶《おとし》めていることを。

どんな理由を掲げようとも、たとえ家族のためだとしても、悪は悪。

自分が許されるはずなどないということは、侯爵自身が誰よりも理解していた。

「だが、ここでは止まれぬ。止まれるわけがない。妻と娘は、本来見捨ててしかるべきであった不死病患者を、領民を、彼らを救うために立ち上がり、そして犠牲となっているのだ!! ここで終わることなど、私にはできぬのだ……」

不死病。

それは生きながらにして死者になるという、恐ろしい不治の病。

一度患ってしまえば徐々に症状は進み、約一年の時間をかけて完全なアンデッドへと変貌してしまう極めて稀《まれ》な魔力疾患。

もちろん簡単にはこの魔力疾患に陥ることはない。

不死病はいわゆる負の魔力をベースとした病であり、よほど免疫力が低下していなければ、患者のそばにいようとも他者から伝染することはないのだ。

だが、侯爵の妻と娘はその善性から、この奇病を患った領民を救うために立ち上がった。

夜通し患者のそばで魔力実験を行い、どうにかして治せる方法はないのか、完治できないにしても、どうにかして今まで見つけられなかった改善点はないのかと探し求めた。

結果、日々魔力を使い切り疲れ切った彼女たちの免疫力は低下し、不死病患者の負の魔力が身体《からだ》に染みついてしまったのだ。

それが今から約一年前のことである。

「だが、魔法使いとしても研究者としても優秀だった妻と娘は、最後に私へと希望を残した。本当に最後の手段ではあるが、皇女殿下である聖女様すら治療することのできない不治の病の突破口を、私にもたらしてくれたのだ……」

そう語る目線の先には、禁呪と呼ばれるとある魔法陣が描かれているのであった。

妻の研究ノートに書かれていた、あと一歩で完成するという不死病の治療薬。

しかしその治療薬は、魔法使いとしては優秀でも研究者としては二流だった侯爵が完成させることはできず、結局は一年という期間に間に合わせることができなかった。

だからこそ失敗を視野に入れていた侯爵は、あらかじめ何か手がかりはと探したところ、なんと研究ノートの片隅には最後の手段として、この世界のどこかにある禁呪を用いることで解決する可能性が示唆されていたのだ。

そして侯爵は、禁呪を再現させるために必要な魔法陣を、かの商人から既に入手していた。

「フランケル侯爵閣下、それは……」

「みなまで言うな。分かっているとも。これを使えば私は教国の罪人、……いや、人類史にすら残る最悪の大罪人になるだろうことはな」

そうであってもなお、この禁呪には価値がある。

そう締め括《くく》った侯爵は、どこからか不正の証拠を摑みこちらへと赴こうとしている聖女を歓待するため、部下の騎士に命令を下した。

「皇女殿下を例の場所まで、丁重におもてなししろ。もし私が糾弾され、近衛騎士や教国最強の剣聖エインに取り押さえられようとも、お前たちは決して手を出してはならん」

「しかし、それでは……！……くっ、わ、分かりました。全て滞りなく、手配致します」

決断を下した侯爵に、無礼だとは知りつつも物申そうとする部下を視線で押さえつけ、命令を遂行させる。

そうしてやりきれない気持ちと共に去って行った忠臣を見送ると、先ほどまでの勢いはどこへいったのか、どこか気落ちした様子で、誰も居ない部屋の中で自らの罪を独白する。

「……ふ、分かっているさ。犠牲になる者など、必要最低限で良いなどという世迷言《よまいごと》は偽善だと。こんなことをしたところで、他者の視点で見れば最悪の結末になることは変わらないだろう」

不死病を完治させる禁呪を発動するために必要な条件は二つ。

一つは強力な聖なる力を持つ人間の魔力。

もう一つは、その魔力を持った人間と、それに加えて治療したい人数と同じだけの数の、命の贄《にえ》。

つまり、妻と娘を不治の病から救うためには、最低でも聖女の命と自分の命を捧《ささ》げなければならないのだった。

これが禁呪が禁呪たる所以《ゆえん》。

メリットやデメリットという面でも、道徳的な面でも、決して手を出してはならない生者への冒瀆《ぼうとく》なのである。

「救われた妻と娘は、なぜこのようなことをしたのかと私を憎むだろう。許してくれとはいわない。これは私のエゴだからな……。だが、それでも……」

想いを最後までは言葉にせず、拳を握りしめるガレリア・フランケル侯爵は、屋敷の片隅にて審判の時を待つ。

その俯《うつむ》く姿はどこか、自らが目論《もくろ》む計画が、どうか失敗して欲しいと願っているように見えた。

しかし、そんな本人しか知る由のない心の内を見届ける者は、この場にはいないだろう。

たった一人、彼の決意と聖女の信念が交わるこの物語を、最後まで見届けようとする、とある下級悪魔を除いて……。

◇

「おや。これはこれは、皇女殿下。このような辺境までご足労頂きまことに……」

「そのような建前はいりません、フランケル侯爵。あなたも分かっているのでしょう……？　さっそくですが本題へと参りましょう」

謎の情報屋から確たる証拠を手に入れてから、凡そ数週間後。

聖女イーシャは剣聖エインを含めた少数の近衛騎士を護衛に、カラミエラ教国の南東にあるフランケル侯爵領へと赴いていた。

現在はそんな侯爵邸のとある一室にて、事前準備を終えているはずのお互いの勢力が、片や追い詰めるため、片や逃げ切るためという立場の違いはあるにせよ、満を持して対面を行っているところである。

もちろん道中では妨害があるものと懸念されており、近衛騎士の中でも選《よ》りすぐりの騎士団員を集めて移動したのだが、結果は全て空振り。

全くなんの妨害もなく旅は順調に進み、ついには本人のもとまで辿り着き、あまつさえ自らの来訪を歓待される始末であった。

これには聖女イーシャや近衛騎士たちも訝《いぶか》しみ、まさか不正の事実を隠し通すことができるつもりなのかと、そう思わずにはいられなかったようである。

もっとも、侯爵がどのようなつもりであっても全ての罪を白日の下へと晒《さら》し、その罪を償わせることには変わりない。

こちら側には動かぬ証拠が用意されていて、今ここで強制的に取り押さえたとしても、他の貴族たちは誰も文句を言わないだろう。

故に近衛騎士たちは、侯爵が土壇場で逃げ隠れすることができないよう気を張り詰め、睨《にら》みを利かせているのであった。

「ええ。分かっています。全て殿下の仰《おっしゃ》ろうとしている通りでございます。そもそも、私は逃げも隠れもしませんし、どのような事情があろうとも罪というのは白日の下へと晒されて然《しか》るべきなのですよ。その正義に、私は同意致しますとも」

「な、なにを……。正気ですか、フランケル侯爵。それでは罪を認めたも同然で……」

聖女としてはどうにかして侯爵に罪を認めてもらい、なぜあの正義感に溢《あふ》れていたあなたがこのように悪の道へと堕ちたのかと、そう問いただすつもりでこの話し合いに臨んだ。

だというのに、いざ話し合いに持ち込んでみれば、既に本人は全てを受け入れる姿勢で達観しており、もはやこの状況こそが望んでいたことそのものなのだと、そう言わんばかりの穏やかな態度を示す。

これにはさすがの聖女も動揺し、本当にこのまま大人しく捕まるつもりなのか、いや、もしくはこうして動揺させることが隙を作るための演技なのかと、取り留めのないことを想像してしまう。

今の状況では、目の前に佇む侯爵が何を思って、自分が不利になるような発言を繰り返しているのか全く理解できないのであった。

そんな考えが纏《まと》まらない聖女へ向けて、何をいまさらと笑い話を続ける。

「だから、私自身の罪を認めると、そう言っているのですよ皇女殿下。ええ、全て事実です。ここで後ろで控えている彼らに取り押さえられたとしても、何一つ言い訳することはありません。家臣の者たちにも、そう言い含めております」

妙に潔く腹の据わった態度ではあるが、そう言われれば確かに、周りで控えている侯爵側の騎士たちの人数はやけに少ない。

それどころか、自らの罪を受け止め、成すべきことを成そうとする侯爵を誇りに思うかのように、また自分たちではどうすることもできない悔しさからか、少しだけ表情を歪《ゆが》ませながらも直立不動でことの成り行きを見守っているのだ。

はっきり言って追い詰められた者たちの態度とは思えないような、そんな異様な光景であった。

「なにが……、なにが、狙いなのですか……」

そしてついに、彼らの真意が分からなくなった聖女は、本来交渉の場で直接聞いてはいけない相手の真意を問いただしてしまう。

「ふっ……。なに、簡単ですよ。私はね、こう見えて曲がったことが大嫌いなのです。自分の正義のために、自分だけの都合のために、人を傷つけ陥れることを善しとする偽善者がね。そんなやつがまさか、たとえ妻や娘のためとはいえ、まるで自分が正しいかのように語るのは、おかしいでしょう?」

言葉の重み。

いや、本物の覚悟からだろうか。

なぜこのタイミングで妻や娘が関係してくるのか、ただ聖女を守るためだけについてきた護衛たちには言葉の意味が理解できなかったが、そう語る侯爵の顔には確たる決意が宿っていることが、全ての者に伝わった。

しかし謎の情報屋から事前情報を入手していた聖女イーシャと剣聖エインだけは別の感想を抱き、

恐らくこのことが不死病を患った家族を助けようとする精一杯の足掻《あが》きであり、その足掻きによって貶められた法の秩序と、苦しめられた領民たちへの謝罪なのだと理解できたのだ。

「そう。私は罪人だ。その事実は変わらない。だが……。だからこそ、このままでは終われないのです。先に謝っておきましょう皇女殿下。いや、人類の希望、聖女イーシャ・グレース・ド・カラミエラ様。私は――――」

――あなたを、道づれにするつもりでございます。

――本当に、申し訳ありません。

その発言を耳に入れた瞬間、ただならぬ悪寒を感じた剣聖エインは目にもとまらぬ速さで侯爵へと迫り、一瞬のうちに彼を取り押さえ首もとに剣を突き付ける。

その動きはまさに神速。

教国において最上位のエリートであるはずの近衛騎士たちですら、まるで目視できないほどのスピードと手際の良さに、思わず何が起こったのか分からず冷や汗を流したほどだ。

「貴様ッ!! 今、皇女殿下に、お嬢様に、何をしようとしていた……!! 事と次第によっては、ただではおかんぞ!!」

「ククク……。さすがは剣聖殿だ。噂に違《たが》わぬ見事な腕前ですな。私も魔法使いとしては一流のつもりでしたが、まさかこうも簡単に取り押さえられるとは」

「世迷言を……！」

取り押さえられてもなお、何の問題もないかのようにクツクツと笑う彼の姿は、もはや自らの命などとうの昔に諦めた者のそれであった。

それどころか、こうして最も厄介であった剣聖を自分のそばへと釣り出せたことで、ようやく邪魔者の行動を封じられたと、計画の成功を確信してすらいるように見える。

突きつけられた剣から、僅かに自らの血が流れるのも含めて全て計算通り、想定通りの展開なのだろう。

そのことを証明するかのように、今の一連の動作で床へと押さえつけられた侯爵は、ようやく事が成ったと設置されていた魔法陣に魔力を流す。

何を隠そうこの一室、家具に見せかけた魔道具の配置から、芸術品のように天井に飾られた絵画の模様に至るまで、部屋全体が魔法陣の体《てい》を成している。つまりは、禁呪を行使するために用意された儀式の間であったのだ。

侯爵の余裕から、瞬時にそのことに気付いた剣聖エインが顔を青ざめさせ、急いで守るべき主君である聖女イーシャの方へと振り返るが……。

「お嬢様ぁ!!」

「エ、エイン……！　これは……！」

既に聖女は禍々しい黒い魔力球に包まれており、その身を沈めてしまっていたのだ。

半透明の魔力球の表面には謎の幾何学模様が点滅していて、焦りを覚えた剣聖エインが攻撃を加えるも微動だにしない。

表層に傷すらつかないのだ。

まさに禁呪の名に相応《ふさわ》しい、恐ろしい魔力強度であった。

「ク、ククク……。無駄だよ剣聖殿。この禁呪を発動させるために、私がどれだけの時間魔力を込め続けたと思っている。凡そ半年の期間、魔法使いとして一流であるこの私が限界まで魔力を注いでいるのだ。簡単には破壊することなどできんよ。もはや手遅れなのだ……」

聖女と同じように魔力球に包まれた侯爵が、どこか自らの心の内を押し殺すように真実を明かす。

これから自分の命と聖女の命を贄に、病に侵された妻と娘を救う儀式を行うと。

儀式が終わるまで出入口は儀式の魔力で完全に塞がれ、もはや事が成るまでここから出ることもできぬのだと。

儀式が成った頃には妻と娘は部下が他国へと亡命させ、彼女らに罪を被せることもできないと語った。

そのことを聞いた近衛騎士たちは自分たちが罠《わな》へと誘い込まれたことをようやく悟り、最悪の手段に手を染めた侯爵に対し憎悪の眼差《まなざ》しを向けた。

「ふっ。私が憎いかね。しかし、私も止まれぬのだよ。妻と娘を生かすにはこの道しかなかった。

ただそれだけのことだ……」

悪党の戯言《たわごと》など理解してもらうつもりはないと断言し、憎いのならば憎み続けるといいだろうと目を瞑《つぶ》る。

到底理解される理屈ではないと、自分自身が一番理解していたが故の発言であった。

だが、そんな中。

このような理不尽に晒され窮地に陥った、もっとも憎しみを抱くべきであった聖女イーシャだけはまるで、これで納得がいったとばかりに頷《うなず》く。

「なるほど、そういうことでしたか……。ですが、いいえ。憎くはありません。このような状況で、誰があなたを責められましょうか。もし私たちが、もしくは誰か他の者が似たような状況であったとして、あなたと同じ過ちを犯さないなどと、どうして言えるのでしょうか」

「なに……？」

だってそうでしょうと、彼女は語り掛ける。

自分にも、誰にでも大切な人はいて、その人を救うために手を尽くしてもなお救うことができない時、他の誰かを気遣う余裕が果たして生まれるのでしょうかと。

そんなものは、その時になってみないと分からない。

どれだけ大切な人だったのかなんて、本人にしか理解できない。

もしかしたら、それでも大切な人の最期を受け入れて、前に進める人もいるかもしれない。

でも、そのことが納得できずに足掻く人もいるかもしれない。

どちらが正しくて、どちらが間違っているかなんて、当事者でない自分たちが決められるものなのだろうか。

なぜ、あなたの痛みを知らぬ者たちが、勝手な判断で決めつけることができるのだろうか。

「故に。私は、あなたの選択が間違いであるなどとは思いません。もしこの場で間違っている者がいるのだとすれば、それは……」

それは、皇女であり、人々を救う力を持った聖女でありながら、あなたの苦しみを理解せずに追い詰めた、私の責任でしょう。

聖女は、そう締め括るのであった。

「お嬢様……！」

「ええ、分かっていますエイン。私とて諦めるつもりはありません。ですが、ここで私だけが救われたところで、本質的な解決にはならないのです」

……であるならば、ここが切り札の使い時でしょう。

そう呟いた聖女は手を組み祈りを捧げる体勢を取ると、その身体が白銀のオーラを纏い、瞳を青く輝かせた。

「ひ、瞳が青く輝いている、だと……!?　な、なにを……！　なにをするつもりだ……！」

「簡単なことですよ。あなたに命をなげうつ覚悟があるならば、私もそれ相応の覚悟を決めたとい

うだけの話。あまり人類の希望である聖女の力を、舐めてもらっては困りますね？」

聖女が身体に纏っていた白銀のオーラが眩《まばゆ》いほどに輝き、周囲を照らす。

目が眩《くら》むほどに強く輝く白銀の魔力はまるで、三魔将の時に覚醒したアルスの黄金の魔力を彷彿《ほうふつ》とさせるようであり、聖女の信念に呼応して強さを増しているようにも見えた。

「アルス様。あなたの黄金の魔力を感じ取ってから発現した、聖女として持つ本当の力。私が救わなければならない、傷ついた者たちのため……。全身全霊をもって使わせて頂きます。――――究極神聖魔法、慈愛神降臨」

その瞬間、周囲を照らしていた白銀のオーラが人の形を成していき、聖女を依《よ》り代《しろ》として一つの究極の魔法を再現する。

侯爵領の空には巨大な白銀の魔法陣が浮かび上がり、昼だというのに港町全体をその光で照らし始めたのだ。

また、その輝きに合わせて禁呪の魔力は砕け散り、巨大な光のオーラは天井を突き抜け屋根に大穴を開けた。

ただ、なぜかその強烈な魔力で傷を負う者はおらず、むしろ光に照らされた者たちは一人残らず傷が癒え、病が癒え、活力が湧き、命の灯火《ともしび》を強く燃やし始めたのだ。

「こ、これは……」

「ふふ。驚きましたかフランケル侯爵。これが聖女だけに許された奥の手、神、降ろしとい、うもので……、す……」

そうして全ての者を癒しきると、白銀のオーラを纏い、何者かをその身に宿していた聖女は生気の失った顔で倒れ込む。

前提として。

神降ろしなどという大仰な業が、成人もしていない未熟な人間に使いこなせるはずがない。

どんな大技にも分相応というものがあり、身の丈に合わない力を利用すれば器が耐え切れないのだ。

それでもなお、自らの意志で現在の器を超えるほどに強大な力を使用した聖女は、皆を癒したはずの自分自身の魂が壊れかけてしまったのだろう。

「お嬢様……！　お嬢様、しっかりしてください！　なぜ、なぜこいつのために、こんなことのためにあなたが犠牲にならなければならない！　あなたは人々の……、俺の希望なんだぞ!!　分かっているのか！　死ぬな！　勝手に死んでるんじゃないぞ!!　おい！　目を覚ましてくれ!!」

だが、侯爵が大勢を犠牲にして、少数の大切な者を救おうとしたように。

聖女がどのような奇跡を起こそうとも、当然悲しむ者がいて、涙を流す者がいる。

彼女の幼馴染であった剣聖エインに、この現実が納得できるわけがなかったのだ。

しかし、そんな周囲を顧みずに剣聖が泣き叫ぶ中。

突然、どこからか。

カツン、カツン、という硬質な足音と共に。

とある男の声が響いたのであった。


——全く、とんだお人よしが居たものだな。

——だが見事だったよ。

——君たちがもたらした結末は、確かに、俺の想像を超えていた。


全身を覆い隠す黒いフード付きの服装に、複雑な幾何学模様が描かれた仮面をつけた謎の人物。

そんな、どこからともなく現れた怪しげな風体の男に、聖女を失って悲嘆に暮れていた剣聖エインですら瞠目《どうもく》した。

いや、むしろこの場では彼だけが知っている人物の登場に、まさかという思いを抱きながらも敢《あ》えて真意を問いただす。

「お、お前は情報屋……。なぜここに……」

「どいてくれ剣聖殿。今はそれよりも、そちらの聖女様の息を吹き返させなければならないのでね」

聖女の息を吹き返させる。

確かに情報屋がそう言ったのを聞いた剣聖エインは、そんなことが起こり得るのかという疑問を持ちながらも、しかしこの得体の知れない人物がそう言うのであればあるいは、という希望を心に灯《とも》した。

　そもそもこの場においで、自分たちにできることなど何もないのだ。

ただ神降ろしの反動を受け、死にゆく定めの聖女を見守ることしかできないのであれば、一《いち》か八《ばち》かでも勝算のある方に賭けたい。

　唐突に現れた情報屋のおかげで、少しだけ冷静さを取り戻した彼はそう考え、謎の人物を取り押さえようと身構える近衛騎士たちに指示を出した。

「待ってくれお前たち、この人は俺の知り合いだ。不正の証拠を提供してくれた、今回の立役者でもある。その人がまだ何か打つ手があるというのであれば、好きにやらせてやってくれ……」

「し、しかしエイン副団長……」

　そう言うも、当然ながら近衛騎士たちは簡単に警戒を緩めることはできない。

　なにも聖女を第一に考えているのは剣聖エインだけではないのだ。

　人類の希望であり、皇女であり、今まさに神降ろしという奇跡を体現した本物の聖女に心酔しないものなど、教国の者には存在しなかった。

　だがこの場で近衛騎士たちの間で交わされる問答など、情報屋であるチュウキューに関係があるはずもない。

「別にかかって来るというのならば止めんよ。気持ちは分かるのでね。無駄死にしたいのであれば剣を抜くと良い。聖女の魂を修復する片手間に相手をしてやる」

仮にも皇女の身辺を警護する最高位のエリート騎士たちに対し、一切臆さずに問答無用でズカズカと歩いて来る情報屋の姿は、どこか底冷えのするような殺気を纏っていた。

それは見る者が見れば、たとえここに教国が擁する十万の軍勢が存在しようとも、視線すら向けずにやるべきことを成すであろう実力が垣間見《かいまみ》えるものだ。

これにはさすがの近衛騎士たちも息を呑《の》み、剣を手に取ることすら忘れて立ち尽くすばかりであった。

そのことが剣聖エインにも分かったのか、正気を取り戻した部下が下手なことをしないうちにしっかりと釘《くぎ》を刺す。

「…………ッ!!　いいか！　これは命令だ！　彼への下手な手出しは、教国への反逆と見做《みな》す。分かったら静かにしろ。それとも、彼に殺される前に俺に殺されたいか？」

「は、はっ！　了解致しました、副団長！」

「それでいい」

彼らがやり取りをする中、こんなことにかまけるのは時間の無駄だと言わんばかりに無視を決め込む情報屋は、倒れ込む聖女のもとに辿り着くと手を翳《かざ》し、瞳を赤く輝かせる。

そこには本人にしか分からない魔法的な意味合いがあるのか、不思議な魔力の流れで何かを調査しているようにも見えた。

「どうだ情報屋。何か分かったか？」

「まあ、だいたいはな。確かに魂の一部が破損した今の状態だと、放置していれば死に至るか、良くて植物人間として二度と目を覚まさないだろう。しかし、ここをこうすれば……」

ぶつぶつと何かの言語を呟き、超越的な魔力制御で周囲に大小様々な魔法陣を浮かび上がらせると本格的な治療に入る。

しかもその魔法陣の数がとんでもなく、彼の周りにある魔法陣の数だけでも、優に数千個を超えるほどだ。

この数がどういうことを意味するのか、人間の基準では確かに一流の域にいるフランケル侯爵には理解できた。

いや、理解できてしまった……。

「ば、馬鹿な！　莫大《ばくだい》な魔力で一つの巨大魔法陣を構築するならばともかく、必要最低限の魔力だけを利用して、数千個の魔法陣を併用して治療に当たるだと……。あ、ありえない……!!」

莫大な魔力による巨大魔法陣とは、聖女の起こした奇跡の究極魔法のことである。

もちろんそれも究極と言えるような一つの到達点だろう。

だがこの者はそんな選ばれた者にしか扱えない力任せの超常現象ではなく、極めさえすれば誰にでも可能な、極小魔法陣を描く「魔力制御」とそれら数千個を平行して維持する「処理能力」という観点で、人間の極致、いや、魔法の極致とも言える到達点を披露しているのだ。

あまりにも圧倒的な魔法の制御能力に、まるで芸術作品を見ているかのような気分に陥った侯爵は、心の中でひれ伏す。

「そうか！　分かったぞ……！　あなた様は傷ついた聖女イーシャ様を助けに降臨された、魔法神様、なのでございますね？」

「違うが」

「いや、しかし……！」

「黙れ、作業の邪魔だ」

が、しかし。

にべもなく一刀両断される侯爵。

そうしてその超常的技術を持つ謎の男を彼らが見守る中、十分ほどが経過した頃。

ついに全ての処置を終えたのか、ふぅ、と一息ついた男の前には規則正しい寝息を漏らす、生気を取り戻した聖女の姿が横たわっていたのであった。

「お、お嬢様の顔色が……！」

「よし、これでいいだろう。しかし見事なものだな。まさかこの侯爵領に居る全ての病人と、既にアンデッドになっていた末期の不死病患者まで元の人間に戻すとは。こんなこと、俺にも不可能だぞ」

アンデッドになる前であれば自分にもどうにかできたが、完全に症状が進行してしまえば元に戻すのは不可能だったと、情報屋チュウキューは語る。

であるならば、約束通り想像を超える結末をもたらした聖女と剣聖には、それなりの褒美が必要だろうとも考えるのであった。

「誇れ、教国の者たちよ。お前たちの信ずる、聖女イーシャ・グレース・ド・カラミエラはそれだけの偉業を成し遂げたんだ。今回聖女を助けたことに対するお代は、それでチャラにしてやる。良いものを見せてもらったからな。それと剣聖……」

「な、なんだ？」

今回起きた騒動の元凶である不死病を広めた黒幕は、南大陸にいる。

もしこのままで終わらせたくないのであれば、向こうの大陸で旅を続ける金髪碧眼の少年と合流しろ。

ここから先は、この世界の今を生きる、お前たちの物語だ。

それだけ言うと、彼は踵《きびす》を返し、どこかへと消え去っていくのであった……。

◇

……あっぷねぇーーーーー!!

うわ、あっぷねぇーーーーー!!

もう少しで聖女ちゃん死んじゃうところだったよ！

召喚したのが下級神とはいえ、いきなり身の丈に合わない存在を降臨させるなんて何考えてるのよ！

もう少し向かうのが遅れたら、本当にぽっくり逝ってたね、あれは。

本気で間一髪だった。

「とはいえ、今回の本当の元凶はもう他大陸に逃げちゃってるんだよなぁ」

今回の騒動となる不死病、そして侯爵に「禁呪と偽った死の儀式」の魔法陣を用意したのは、全ては悪徳商人に偽装した魔族の手によるものだ。

どうやら目の上のたんこぶである教国を攻略するための第一段階として、どこぞの魔族が動き回っているらしいのだが、まあこれでその計画は見事にぶっ潰れたわけである。

たぶん、今回の件で聖女が釣れて始末できれば良し、もしそうでなくとも、教国における正義の象徴であった侯爵を陥れれば御《おん》の字とでも考えていたのだろうが、そうはいかんよ。

なにせあの国にはもう、罪を認め自ら当主の座を引くであろう侯爵の真っ当な正義感を継いだ妻と娘が復活しているんだからな。

あとは聖女ちゃんがフランケル侯爵家にどのような沙汰を下すかだが、まあ彼女たちの様子を見る限りではそんなに心配することもないだろう。

せいぜい元侯爵になるだろうガレリア・フランケルのおっさん個人の発言力が、ちょっと弱まるくらいである。

「それよりも問題は、あの魔族の動向だな……」

今は西大陸から南大陸に逃げた商人魔族は、どうやらより上位の魔族――恐らくは四天王とか呼ばれるやつらの手下だったみたいで、計画が失敗したことを事細かく上司に報告しているらしい。

敵もなかなかのやり手のようだ。

だからこそ、このままでは煮え切らないであろうエイン君のために有益な情報を提供してあげたのだが、あれで言いたいことは伝わっただろうか。

ちょっと端折《はしょ》り過ぎた気もするので、深読みしていないかが心配である。

「ま、どう転ぶかは分からんが。どうやら我が息子アルスには不思議な引力があるようだから、どこかで彼らは合流するのだろうな」

アルスは現在、俺の妻であるエルザの兄、エルガの案内で辿り着いたダークエルフの故郷を発《た》ち、南大陸で起きる魔族の問題にちょくちょく対処しているところだ。

どうやら魔族は南大陸を中心として人間の攻略を進めることにしたようで、あの商人魔族も含め色々と工作をしているらしい。

数年前からやつらの動きが活発になってきたとは思っていたが、ようやく本格的に乗り出してきたようだ。

「さて、吉と出るか、凶と出るか。我が息子様の夢《ぼうけん》の続きを、楽しませてもらおうじゃないか……」

そうして俺は、いずれ仲間たちと叶《かな》える夢《ぼうけん》を語ってくれるというアルスの旅に、再び目を向けるのであった。

第四章

Reincarnated Devil's Plan for Raising the Strongest Hero

これはアルスが魔法大国ルーランスの問題を解決し、自らの母エルザの兄である、常闇の暗殺者エルガにダークエルフの里へと案内されていた頃のお話。

彼らのパーティーは隠れ里でもあるこの場所で、里でも飛び抜けて優秀なダークエルフ、エルガが連れて来た客人として歓迎を受けていた。

それもただの客人ではない。

同じく優秀であり里の人気者でもあったエルガの妹、エルザの一人息子とその仲間たちとして、よくぞ来られたと歓迎会が開かれているレベルなのだ。

「がははははは！　こいつはいい！　隠れ里だと聞いていたからよ、案内されるのに少し申し訳ねぇ気持ちはあったが、そんな遠慮はいらねぇみたいだな！　ダークエルフってのはこんな気持ちいいやつらばかりなのか！」

「おうよ！　あのエルガが連れて来た御《お》客人《きやくじん》が、そんな遠慮なんてすることたぁねぇ！　もっと飲め！　わはははは！」

そう手に持ったジョッキへなみなみと酒を満たし豪快に笑うのは、既に酔いつぶれる勢いで飲み続けるガイウスと、この里の長《おさ》である筋肉質なダークエルフ。

挨拶がてら訪れた長の邸宅にてアルスが来訪の理由を説明したあと、二人は個人的に語り合うこと三十秒で何か通じるものがあったのか、まるで数十年来の旧友もかくやという勢いで意気投合したのである。

もはや完全に酔いが回りできあがった巨漢コンビは、歓迎会の中心でどんちゃん騒ぎを繰り広げており、残りのメンバーたちは苦笑いをする始末であった。

「あ〜あ、ガイウスのやつあんなに楽しそうにしちゃって。あれが男同士の友情ってやつなのかねぇ。アタシにはさっぱりだよ」

「いや、あれはかなり特殊な例だと思うぜアマンダ。俺様にもよく分かんねぇけどよ」

そして宴会の片隅にて、酒にはそれほど手をつけず、まずはダークエルフ特製の異文化料理を楽しんでいるのがこの二人、アマンダとハーデスである。

彼女たちは盛り上がりもそこそこに、文化の違いから生まれる特殊な住宅構造や食文化、そして気さくな里の者たちの歓迎に気を休め、どちらかというと観光気分で楽しんでいるのであった。

S級冒険者として旅をするのが人生の醍醐《だいご》味《み》であったアマンダはもちろんのこと、魔界とはまた違った、人間界の様々な文化を経験することはハーデスにとっても新鮮だったのだろう。

歓迎会を楽しむ彼女は「こういうのも、悪くねぇな」と言って、また一つ人の心を理解する。

魔界でも飛び抜けて強かったハーデスの愛情は、既に数年前とは比べ物にもならないほどの成長を果たしており、アルスとの出会いや旅の経験を積むことで潜在能力をますます高めていた。

もし、今再び完全体である魔王への覚醒が行われることがあれば、あの時とは比べ物にならない強さを持った魔王が生まれることになるだろう。

そして最後に……。

「やはりあの者らは個性的だな、アルス。それに強く、心根の善い者たちばかりだ。妹の息子であるお前の伯父として、安心してこれから先を任せられる」

「うん。みんな、僕の自慢の仲間たちだよ」

宴会の席からだいぶ離れた場所で夜空を見上げ、一旦ここでお別れとなるエルガと語り合うアルスの姿があった。

伯父と甥《おい》っ子《こ》という関係もあり、まだ出会ってからそう時間が経《た》ったわけではないが、どこか家族のように親密な空気感の漂う二人からは、確かな信頼と思いやりが感じ取れる。

エルガは妹の息子を思いやりながら旅の仲間である三人を高く評価し、アルスは自分を思いやってくれる伯父に信頼と、家族として接してくれることへの嬉《うれ》しさを噛《か》みしめていたのだ。

「確か、お前の父であるカキューさんは人間だったな。妹もそろそろ婚期を逃すのではないかと心配していたのだが、まさかダークエルフが人間と結ばれるとは……。人生とは分からないものだ」

「確かに、そうかもしれませんね……」

その言葉の裏に秘められていたのは、種族として生きる時間の違う者同士が結ばれることに対する、少しの不安。

もしかしたらこの時間の差が妹を不幸にし、自分より先にこの世から旅立ってしまう家族に絶望するのではないかと心配しているのだ。

しかし、そんな懸念もアルスたちと一緒に旅を続ける中で、全て払しょくすることができた。

「だが、アルスを見ていれば分かる。こうして真っすぐに強く、そして心優しく育ったお前の存在が全てを物語っているのだ。カキューーさんと結ばれた妹はきっと、今も幸せなのだということがな……」

妹はこの先もずっと、あの人を伴侶に選んだことを後悔はしないのだろう。

それは兄である私が、誰よりもよく分かるよ。

そう語るエルガの言葉にアルスも思うところがあったのか、ただ何も言わず、夜空を見上げ続ける。

そうしてしばらくの間、想《おも》いを巡らせるように夜空を見上げていたアルスが口を開いた。

「エルガさん。たぶんもうお気付きかもしれませんが、僕にも大切な女性がいるんです。まだ好きといって良いかは自分でも分かりませんが、それでもその人は誰よりも僕に想いを寄せてくれて、でもちょっとだけ強がりで、それで……」

生きる時間の差、種族の差。

そういった壁が存在していて、まだ先のことだと思って先送りにしていた問題。

どうすればこの問題への回答となるのか、答えは今も見いだせない。

だがそれでも、同じ境遇にある自らの母は幸せなのだと言った、今のエルガの言葉を聞いて、少しだけ元気を貰《もら》ったアルスは言う。

「愛情が強くて、優しくて、努力家で、そしてとても誠実で……。僕は、そんな彼女が大切な人たちとの幸せを望むのであれば、最後まで足掻《あが》いてみせます。たとえそれが強大な相手であっても、どうにもならないことであっても、絶対に救いのある結末を迎えてみせます」

ありがとう、エルガさん。

月の優しい光に照らされた少年の顔には、確かな決意と、勇気が宿っていた。

◇

時は進み、フランケル侯爵領での騒動が一段落した頃の、カラミエラ教国の皇城にて。

とある情報屋から魔族と思われる者たちの暗躍と、その情報を掻《か》い摘《つま》んで説明された聖女イーシャは南大陸へと旅立つべく、国中の貴族が集まる謁見の間で自らの父である教皇と別れの挨拶を済ませていた。

「世界を救う旅へと向かう我らが聖女、イーシャ・グレース・ド・カラミエラ皇女殿下と、教国最強の騎士にして剣聖エイン・クルーガーに、敬礼!!」

今日この日に旅立つ聖女と剣聖に向けて、ザッ、ザッ、という音を立てて敬礼する騎士たち一同。

彼らはそれぞれに聖女の奇跡に救われた者、剣聖エインの剣技に支えられた者たちで、任務の中で深い信頼関係を築いてきただけに、表情からも強い尊敬の念が感じられた。

この二人になら世界を任せられる。

どこかにいる伝説の勇者すら見つけ出し、再び起ころうとしている魔族との衝突に終止符を打ってくれるはずだと、そう信じてやまなかったのだ。

だが騎士たちはそうでも、聖女の親である教皇の気持ちは違った。

長い期間世継ぎを授からず、ようやく生まれた一人娘である我が子を旅立たせるなど、どうしても親の情としては納得できなかったのである。

「本当に行ってしまうのか、イーシャよ。もうすぐお前も成人だ。それを待ってからでも良かったのではないか？」

「いいえ。今回の件で、私にはまだ成さなければならない使命があるのだと、そう痛感しました。今この時を逃せば、きっと取り返しのつかないことになると思った次第でございます」

父である教皇に返す娘の表情には甘えはなく、たとえまだ成人していない若輩者であろうとも、既に聖女として人々を救う使命と意識を持つ、揺るがない意志の秘められたものであった。

そんな娘の成長を目の当たりにした教皇は、それ以上引き留めるための言葉を告げられず、ただ「そうか……」と腹を括《くく》ると宣言する。

「ならば行くが良い、我が娘、……いや。聖女イーシャよ。人々を救うその旅の先で勇者を見つけ、再びこの国へと戻るが良い。そして剣聖エインよ、この世界の希望たる聖女の守りを頼んだぞ。その剣で時に道を切り開き、時に守り、支え続けるのだ」

「はっ!!　王命、しかと承りました!!」

そうして彼らは旅立つ。

この国の人々に祝福されながら、騎士たちの誇りを背負いながら、教皇の、父としての願いを受け止めながら……。

◇

教国を旅立った聖女イーシャと剣聖エインが南大陸へと向けて帆船で移動している最中。

港町を治めるガレリア・フランケル元侯爵の計らいにより、一隻を丸々自由に使っていいと貸し出された大型帆船の片隅には、サングラスをかけた幼女がこっそりと紛れ込んでいた。

「まるであたちのドリームのように、オーシャンは広く大きく、なのよ……」

目立たない場所で青々と広がる海を眺め、ちょっと何言ってるのか分からないけど自信たっぷりで、とにかく物思いにふけるこの幼女こそ、最近エリートとして認められたちびっこ天使メルメル。

数ヶ月前、天使長であるプレアニスから金メダルとチョコマシュマロを受け取ったメルメルは、一旦教国へと渡り日々様々な功績を積み重ねていたのだが、なんだか功績の匂いに変化があったということで先日、満を持してこの船に乗り込んだのであった。

ちなみに功績の内容は小さなことから大きなことまで様々だが、一番目立つものは攫《さら》った亜人を奴隷にし、不正に売買を重ねる子爵の屋敷を灰にしたことだろうか。

本人としては捕まって可哀《かわい》そうな亜人たちを解放するために、ちょっとだけ手を貸すつもりだったらしいのだが、どうやら乗り込む前に子爵の屋敷の前で盛大に燃やしていたキャンプファイヤーの火が、脱出作戦を繰り広げているメルメルと亜人たちがその場から離れた頃に引火してしまったらしい。

いくら火の制御を覚えたといっても、さすがに放置していたらちゃんと引火するので、これは当然の帰結である。

とはいえ、屋敷からは既に攫われた亜人たちを全て救出し終えており、なかなか消えない天使の火が全てを燃やし尽くした頃には、その場に残っている者は人の道を踏み外し富を成す奴隷商人と子爵だけであった。

最終的に財産や奴隷契約書もろとも灰になっていく屋敷を眺めた子爵は、その後逃げ出した奴隷たちの証言により、不正の証拠がないかと探っていた聖女イーシャの手によって成敗されたのである。

ナイスメルメル。

さすがエリート。

ちびっこ天使はやればできる子なのであった。

「あたちって、やっぱり優秀なのよね～……」

そんなことを呟《つぶや》きながら、月の光を反射するイカしたサングラスをクイッと持ち上げ、「ふぅ……」と溜息《ためいき》を吐《つ》く。

実際、今回の件では素晴らしい働きを見せたのでその通りではある。

屋敷が燃えたのを見届けたメルメルは、「こういうやりかたもあるのね～」と妙に納得し、ちょっとだけ知恵をつけていた恐ろしいちびっこ天使でもあるのだ。

このちびっこ天使は、今日も今日とて通常運転なのであった。

そしてふと、広い海を眺めていたメルメルは思い出す。

「そういえば、勇者たちは元気にしてるかちら？　ブレイブエンジンは感情に任せて使ったり、力に溺れたりすると暴走するから、ちょっとだけ心配なのよ」

むむむ、とおでこにしわを寄せて唸《うな》るちびっこ天使はなんだか不安になり、これは急いで様子を見に行くべきかもと判断する。

故郷である天界でも忘れられがちだが、メルメルの凄《すご》いところは運がいいところだけではない。

その超越的な直感こそがちびっこの武器であり、今まで決算書類を寸分違《たが》わずピタリと報告してきた長所そのものだ。

故に、ここでメルメルが不安を感じるということは、実績という根拠に裏打ちされた信ぴょう性のあるものであった。

「こうしている場合じゃないの。もしブレイブエンジンが暴走したら、勇者自身のためにならないのよ。今すぐここから飛んでいかないと間に合わないかもなの」

善は急げということで、さっそく大型帆船の片隅から飛び立つ。

天使の翼を広げ、ぱたぱたと羽ばたきながらお世話になったこの船の皆に別れを告げ、一人旅を再開した。

余談だが、別れを告げたといっても特に声をかけたとかそういうわけではない。

単純に心の中で「乗せてくれて、ありがとなのよ～」と感謝しただけである。

もちろん空から乗り込み、勝手に無銭乗船して勝手に去って行ったメルメルに気付いた者などいなかったので、特に何かが起きた、というわけでもないのではあるが……。

◇

「あら？　今、清らかな魔力の気配が一つ空へと飛んでいったような……」

「は？　空へ？　気のせいではないですか、お嬢様。きっと疲れてるんですよ」

「そうねぇ……。うん、そうだわ。だって、こんな大海のど真ん中で船から離れるなんておかしいもの」

じゃあ気のせいね、と頷《うなず》くのは聖女イーシャその人。

急に突拍子もないことを言い出した自らの主君である聖女に、旅の供としてついてきた剣聖エインは苦笑いである。

この帆船ではフランケル侯爵の手の者たちが魔物の襲撃などを常に警戒していて、海からの襲撃にはよく注意を払っている。

今は日が沈み空の方はよく見えないとはいえ、さすがに大型の魔物が飛行していれば気付くはずだ。

だからこそ聖女の言う気配の持ち主が船の上空を通り過ぎたという仮説には、いささか疑問を抱かざるを得なかった。

「まあ魔物といっても、小さい子供くらいの大きさであれば見逃すかもしれませんけどね。とはいえ、その場合は脅威にはならないでしょう」

「それもそうね～」

たとえ甲板に小さな鳥型の魔物が現れたとして、それがいったい何の脅威になるというのか。

さすがに皇女であり聖女であるイーシャを乗せて進む大型帆船の乗組員に、その程度の魔物を脅威とするような腑抜《ふぬ》けはいない。

どのケースであっても、全て気にする必要のない些《さ》細《さい》なことなのであった。

そうして、すぐそばにちびっこ天使が居たり居なかったりしながらも、二人の旅は続く。

最初の目的地は、情報屋から金髪碧眼《へきがん》の少年アルスの第一の活躍の場として話を聞いていた、魔法大国ルーランスの王都。

魔族の問題にちょくちょく介入しているという彼の所在を摑《つか》みたいのであれば、まずはそこで情報収集をすると良いとアドバイスを受けていたのだ。

そうすることで、既にルーランス王国最強の暗殺者として復帰を果たしている、常闇のエルガから質の良い情報を手に入れることができるはずだと、情報屋チュウキューは語っていた。

「それにしても、あのチュウキューとかいう情報屋は何者だったのかしら。死にかけていた私を治療したお礼をしようにも、大人数で現地に押し掛けると絶対に所在が摑めなくなるのよね」

あの謎の中級商人、もとい情報屋にはしばらくは会うことはないだろうが、教国に多大な貢献を果たしている彼にはいつかお礼をしたいと思うも毎回躱《かわ》されるのだ。

騎士団を連れて掘っ立て小屋を訪れればもぬけの殻だし、かといって個人で訪れて、今までの功績を認め爵位すらも与えると切り出せば、「そんなものはいらん」と一蹴される始末。

全くもって、不可解な人間である。

「ははは。まあ、彼には彼なりの目的と信念があるのでしょう。俺にはなんとなく、その気持ちは分かりますよ」

「そうなの？　男って不思議だわ〜。私だったら、貰えるものはなんでも貰うけどねぇ……」

他愛もない話をしながら情報屋のことについて語る二人の表情には、どこか信頼から来る笑顔があった。

しかしその時――――。

――なんだ、なんだあれは……！

――空が朱《あか》く光っているだと……！


と、船の甲板で騒ぐ乗組員たちの声が聞こえてくる。

その叫びに驚いた聖女と剣聖が急いで外に出ると……。

「お嬢様、これは……!?」

「なんなの……、あの恐ろしい魔力の気配は……」

禍々《まがまが》しい魔力の気配を漂わせる空に、二人は何か恐ろしいことが起こっている予感を感じ取るのであった……。

◇

船の甲板で朱《あか》く染まった空を目撃してから一週間後。

ようやく南大陸の港町に辿《たど》り着いた聖女と剣聖は、その町のあまりにも悲惨な状況に言葉を失っていた。

「これは……」

立ち尽くす聖女の目の前では、港町にある多くの建造物が瓦礫《がれき》と化し、傷ついた町人が復興に専念している光景が広がっていたのだ。

ところどころに見え隠れする強い魔力の残滓《ざんし》や、戦いの跡。

それらから推測して、ここで何かがあったことだけは明白であった。

「おや。こんな時に他大陸から身なりの良い、高貴な御客人がやってくるとは珍しいね。その船に掲げられている国旗は、カラミエラ教国のものかな？　魔法大国ルーランスの北西に位置する、グラツエールの港町へようこそ……！って、言いたいところだけど、今は町の復興中だ。大したおもてなしはできそうにないね」

到着したばかりの聖女一行に語りかけるのは、この港町グラツエール伯爵領で船着き場の管理をしている現場責任者。

元気な台詞《せりふ》とは裏腹に表情は疲れ切っており、身体《からだ》中に傷を負いながらも無理をして仕事を務めていることが明白であった。

そんな彼の痛々しい姿を目にした聖女イーシャは何を思ったのか、フランケル元侯爵が派遣した船乗りとお供である剣聖エインに、傷ついた周囲の者たちをかき集めてくるように指示を出したのだ。

「私はカラミエラ教国の皇女、聖女イーシャ・グレース・ド・カラミエラです。この時この場所で出会ったのも何かの縁。人々を癒し、世界を救う聖女の使命にかけて、微力ながらこの港町復興のお手伝いをさせていただきます」

そう言ってまずは手始めにと、目の前で満身創痍《まんしんそうい》になっている船着き場の現場責任者を、得意の回復魔法で一瞬にして癒しきる。

神聖魔法や回復魔法に特化した聖女の力を目の当たりにした現場責任者は、あまりの手際の良さに瞠目《どうもく》すると同時に、自らを苦しめていた肉体への疲労がまるっと抜けたのを理解した。

「ははぁ、これが人間大陸で噂《うわさ》の聖女様ってやつかい。あの旅を続けているという金髪碧眼の少年も立派なもんだったけど、あんたも大概だねぇ……」

金髪碧眼の少年。

確かにそう聞こえたのを意識した聖女は瞬《まばた》きをして、まさかこの町に目的の一つであるアルスが滞在していたのかと質問する。

もし想像通りであれば、アルスはこの町で起こったなんらかの戦いに関与し、そして戦いを解決に導いたあとに去ったということになるだろう。

そしてその予想は、凡《およ》そ正しかった。

「あの、その少年というのは……」

「ああ、彼のことかい。あの子は凄かったねぇ。なにせ上級魔族に加え、複数の下級魔族の来襲によって滅ぼされかけたこの町の危機にさっそうと現れて、輝く黄金の剣で全てを一掃していったんだから」

彼は語る。

金髪碧眼の少年とその仲間たちの快進撃を。

水色の全身鎧《よろい》と大剣を持った巨漢は、町人を襲う下級魔族をばったばったとなぎ倒し。

この大陸のS級冒険者として名高い陽炎《かげろう》のアマンダという人物は、魔族が呼び寄せた魔物を相手にしつつも、逃げ遅れた住民の避難や、瓦礫に隠れて見えないところにいる被害者をかき集め。

目が覚めるような真っ赤な髪をした男装の麗人は、金髪碧眼の少年が上級魔族と一騎打ちをする状況を整えるために、少年の周囲にいるあらゆる敵をまとめて一人で相手をしていた。

最後に。

彼ら彼女らの活躍もあって、自らを四天王の部下と名乗る牛頭《ごず》の上級魔族のもとに辿り着いた少年は、敵の五メートルはある屈強な肉体を黄金に輝く巨大な光の剣で一刀両断したのだという。

「ほら、あの領主様の館を見てごらん。魔族を真っ二つに切り裂いた攻撃の余波で、領主様の館まで一緒に両断された跡があるだろう？」

実はあの傷跡、グラツエールの領主様が大層お気に入りでね。

申し訳なさそうにしていた少年には悪いけど、この町の観光名所として利用していく方針みたいなんだよ。

と、まるで幼い頃に英雄譚《たん》を聞いた少年のように、純粋無垢《むく》な瞳を輝かせながら彼は語る。

たとえ魔族の脅威に晒《さら》されようとも、建物の多くに被害が出ようとも、あの勇気に満ちた旅人たちのように現実へ立ち向かうことを忘れてはならない。

現場責任者の表情や、復興作業をしている他の町人の姿に疲れが見えていようとも、旅人である彼らがもたらした希望の灯火《ともしび》は強く輝いているのであった。

「そうですか……。あのアルス様が……」

「お、なんだい聖女様。あの少年と知り合いなのかい。それならそうと言ってくれればいいのによ。これこそ何かの縁だ、力を貸すぜ。おい、お前ら！　聖女様が俺たちを癒してくれるそうだ！　ありったけの怪我《けが》人をかき集めてこい！」

おう、と答えた周囲の作業員は辺りへと散らばり、忙しそうにしている剣聖エインや船乗りたちの手伝いに回った。

また、少年の知り合いだということで気を良くした現場責任者は、この港町についたばかりの聖女たちは何かと情報不足だろうと、人々を癒している傍らで他にも様々な情報を提供しだしたのである。

例えば朱《あか》い空のこと。

あれは上級魔族が死の間際、なんらかの巨大魔法を行使して空に撃ち放ったのが切っ掛けであり、恐らくは四天王の魔族へ計画が失敗したことを知らせるための信号だったのではないか、と推測されているらしい。

現在は既に青々とした空に戻っていることから、何か人々に害のある儀式だったとは考えにくいし、何より死の間際にそこまでのことができるとは思えない。

また次に、金髪碧眼の少年たちの行方のこと。

どうやら彼らは一度、魔法大国ルーランスの王都へとこの事件のことを報告しにいくようであり、そこで常闇の暗殺者と恐れられる者となんらかのコンタクトを取るつもりだ、と語っていたと彼は言っていた。

「なにからなにまで、ありがとうございます」

「おう、いいってことよ。俺たちはあの旅人に命だけでなく、恐ろしい怪物へ勇気を持って立ち向かうその姿を見て、心も救われたんだ。これぐらいじゃ礼にもならないね」

親指を立てて笑顔を見せるその姿からは、なぜだろうか。

金髪碧眼の少年アルスが灯《とも》した勇気の炎が、町人たちの心を通して広がっていくように見えたのだった。

◇

ところ変わって、勇者を探しに船から一足先に飛び立ったちびっこ天使メルメルは、なぜか現在森の中をびゅんびゅんと飛び回っていた。

「たいへんなのよーーー！　たいへんなの！　あたち、迷子になっちゃったかもなの！　勇者の強く神聖な気配を辿って来たのに、めちゃくちゃな攻撃をするから、余波でどこかへ吹き飛ばされちゃったのよーーー！」

そう、何を隠そうこのメルメル、超スピードで飛行し勇者と上級魔族の戦いへ、あと一歩で介入できるというところで盛大に吹っ飛んだのだった。

巨大な黄金の剣によって生まれた一撃は物理的な余波こそ少なかったものの、神聖な魔力を利用して浮遊する天使の翼的には、黄金の剣の魔力波はちょっと厳しい。

例えるなら、それこそ強風で煽《あお》られた紙飛行機のような軌道を描いてしまうといったところ。

このことで空中の飛行制御を失ったメルメルはよく分からない場所に不時着し、絶賛迷子中となったのである。

「でも、しかたないのよ。まさか勇者が、もうここまで力を引き出しているなんて思わなかったもの。いくらエリートでも、たまには失敗もあると思うのよね～」

なら、ま、いっか。

といった感じで気を取り直したメルメルは、じゃあここから勇者を追いかけようと再び気合を入れて、ブレイブエンジンが正常に稼働しているかを確かめるために旅を再開するのであった。

「ごー！　なのよ！」

首に下げられた金メダルを、太陽の光でキラリと反射させたメルメルは進む。

なんとなくビッグな功績の匂いがする場所へ。

それが何かはちょっと分からなくても、きっと勇者がいると思う方角へ。

がんばれメルメル。

勇者の力を理解し、正しく導くことができるのは、今のところちびっこ天使だけである。

◇

ところ変わって、メルメルが森の中で迷子になっている頃。

港町グラツエールを救ったアルスら一行は王都へ向かう道中で、その場では仕留めきれずに逃げ出した魔族の残党を追っていた。

残党の数はそう多くはなく、せいぜい数匹といったところだろう。

だが、魔族は腐っても魔族。

たとえ一匹の取り逃しであっても、Ｂ級冒険者にすら匹敵する下級魔族の力は、簡単に周囲の村など滅ぼしてしまうのだ。

彼らも馬鹿ではないため、自滅覚悟で大きな都市や町に向かうことはありえない。

そうであるが故に、人間勢力へ少しでも被害を出すために、力のない農村を狙うだろうことは明白であった。

そうしてしばらく残党を処理しながら旅を続けていると、ようやく残り最後となるであろう魔族の気配を感じ取ることができた。

なぜならその場所には……。

「村が燃えている!? 行くよみんな！ これ以上被害を拡大させるわけにはいかない！」

「おうよ！ 逃げた数から考えて、恐らくやつらの残党もこれで最後だ！ 気合入れていくぞ！」

轟々《ごうごう》と燃える村を発見したアルスと、続いてきたガイウスが後方にいる仲間に向けて大声で叫ぶ。

現時点で建物へと被害が出ていることは見て取れるが、どうか村人たちは無事であってくれと願いながらも風のように駆け抜けた。

「こ、これは……！」

しかし、時既に遅し。

辿り着いた村では見る限り全ての住人が息絶えており、燃える民家と共にその遺体が火に包まれている光景が広がっているのであった。

あまりにも救いのない惨状に、アルスは逃げ出した下級魔族を探すのも忘れて立ち尽くす。

「チッ……。いくら魔王《オヤジ》の部下だからってよ、ここまでするのか……。四天王だかなんだか知らねぇが、ムナクソ悪いぜ」

そして誰にも聞こえないくらいの小さな声でぼそりと呟き、村の惨状から目を逸《そ》らすハーデス。

魔族でありながらも人の心を知り、この旅で様々な温かさに触れてきた彼女の顔には悔しさと、何より自らの父に対する疑念が感じられた。

なぜ自分の父がこのような計画を推し進めているのか、もしくは父の意志でないなら、なぜ魔王の管理下にいるであろう部下の四天王が、このようなことに手を染めているのか分からない。

魔界の王太子であるハーデスの事情を知る者であれば、そういった感情が手に取るように分かるほどに表情に出ているのだ。

「いや、諦めるのは早いよアンタたち。まだ生き残っている人間がそこの民家に隠れてる。どうやら逃げ場を失った魔族に、少年が人質に取られているみたいだね……。このアマンダ様の気配察知を舐《な》めるんじゃないよ！」

「…………ッ！　ありがとう、アマンダさん！　ブレイブ・ブレード!!」

気配察知を得意とする仲間の言葉に我を取り戻したアルスは、黄金の剣を顕現させると火に包まれ崩れかけている民家を体当たりで破壊し、唯一の生き残りである少年を人質に取る魔族を瞬殺した。

もはやブレイブエンジンの力を引き出しつつあるアルスを前に、下級魔族が人質を取ったくらいでは時間稼ぎにもならない。

自らが死んだと認識することすらなく、塵《ちり》となって消えていくのであった。

「大丈夫かい、君！　よく頑張ったね、偉いよ！」

「…………」

「今すぐその傷を癒すから、あと少しだけ耐えてくれ！」

「…………」

塵になった魔族へ目を向けることもなく、人質になっていた少年を癒すためにありったけの回復魔法を浴びせ続ける。

既に少年の身体には無数の火傷《やけど》と骨折、切り傷、刺し傷といった見るに堪えない傷跡が残っているのだ。

なりふり構わず全身全霊を尽くさなければ、とてもではないが助けることはできなかった。

故に、そんなアルスの想いに応えるためか、光り輝く黄金の瞳はいっそう力を増し、周囲にオーラをまき散らす。

そして何度も、何度も、何度も……。

幾度となく回復魔法を行使し、少年の肉体が綺麗《きれい》な元の姿を取り戻しても尚《なお》、魔法を行使し続ける。

しかし、いくら肉体が修復されようとも、回復魔法をかけ続けようとも、時が経とうとも……。

少年は、目を覚ますことがなかった。

「落ち着けアルス。その子供はもう、死んでいる……」

今も尚必死に回復魔法をかけ続け、どうにかして子供を救おうとしている姿が痛ましかったのだろう。

悔し涙を流しながら治療を続ける背中から目を逸らし、アマンダとハーデスが俯《うつむ》き沈黙する中、唯一ガイウスだけが真実を告げ少年から引きはがす。

この大男とて空気を読めていないわけではない。

ただこの場でもっともアルスの心を理解し、現実を受け止めきれない弟子を止められる者は、彼しかいなかったというだけの話。

なぜならばガイウスは若かりし頃に幾度となくパーティーを組み、冒険者として死に別れた仲間、救えなかった命、失敗した人生経験が豊富にあるからだ。

そんな大人としての器を持つ彼だからこそ、今この場で声をかけることができた。

「…………なんでだ。なんでなんだよ。ブレイブエンジンは願いの力じゃなかったのか……！　目を覚ませ！　覚ましてくれよ！　どうして傷が塞がっているのに、この子は目を覚まさないんだ……。教えてくれよ、ガイウス……」

理解はできている。

もうこの子供はとっくの前に死んでいて、いくら回復魔法をかけ続けたところで意味などなかったのだと。

そんなこと、治療を続けていたアルスに分からないわけがない。

だからこそ、現実を直視したアルスには決して納得できるものではなかったのだ。

「許せないよ……」

「ああ」

「村の人たちはただ、日々を平和に過ごしているだけだった」

「ああ、そうだな」

歯を食いしばり、辺りに広がる血の海を見つめた黄金の瞳には、いつもとは違う何かが映り込んでいた。

「どうしてだ。どうしてこんなことができる。僕は……、俺は!!　こんなことをするやつらが、どうしても許せない……！」

そう。

黄金の瞳に映り込んでいたのは、憎しみの心。

誰よりも真っすぐで、誰よりも純粋で、誰よりも穏やかな心を持つアルスが生まれて初めて感じた、自らの意志すらも飲み込むほどの激情。

その強い憎しみは負の願いとなり、ブレイブエンジンにすら影響を与える。

「ぐぉ……！　こ、これは!?」

「ガイウス！　アルスの様子が変だよ！」

「な、なんだよ!? おい、アルスのやつどうしちまったんだよ！ まるであいつ、俺様のことが見えてないみたいだぞ!?」

暴走したブレイブエンジンは黒く染まったオーラを辺り一面にまき散らし、全てを滅ぼしていく。

魔力抵抗の低い自然の木や遺体は瞬時に砂へと変わり果て、強い魔力抵抗を持つ仲間たちでさえ、その黒いオーラに触れれば弾《はじ》かれ吹き飛ばされるほど。

初めて見るアルスの暴走に一同は混乱し、どう対処して良いのかがまるで分からなかった。

しかし、万事休すかと思われた、そんな時……。

どこかで聞き覚えのある、妙に緊張感のない声が上空から響いてきたのであった。

「やっと見つけたのよーーー！ でもなんだか、やばいのよ？ お取込み中なのかちら？」

「あ、あいつは！ どこぞのチビ！」

「なんだいあの子は。なんだかアタシの目には、空を飛んでるように見えるんだけど？」

現れたのは、天使の翼をぱたぱたとさせながら、「困ったのよね～」と身体をクネクネさせて悩むエリート天使、メルメル。

どうやら勇者を見つけたのはいいものの、予想通り暴走状態にあることを理解してどうすればいいか考えているようであった。

「う～ん。そうね～。ブレイブエンジンはそんな使い方じゃ、いずれ身を滅ぼしてしまうのよね～」

「なんだと!?　何を知っているんだお前は！　アルスは、俺の友人《ダチ》はこのままじゃマズイってのか!?」

「そうなのよ？」

何を当たり前のこと言ってるの、と反応するも、暴走状態の原因が良く分かっていないガイウスらに、この先の展開が理解できるはずもない。

それを反応から察したメルメルは「あぁ！」と理解すると、ちょっとだけ賢い答えを返す。

「ブレイブエンジンは願いの力なの。でも今は、強い憎しみの心に囚《とら》われて暴走しているのよ。本人の意識を飲み込んで暴走してるわけだから～、えっと～」

「そうか、そういうことか！　つまり、殴って目を覚まさせろってことだな!?」

「それなのよ！」

ザッツライトといった雰囲気で、人差し指をビシッとガイウスに向けたメルメルは、「うんうん、殴っちまえば解決なのよ。暴力は全てを解決するの」と、とても恐ろしいことを言い出した。

そうして事情を理解した一同は暴走を止めるため、前衛と後衛に分かれた陣形を取り、力に意識を取り込まれたアルスの目を覚まさせようと武器を構えるのであった……。

◇

「あああああああああああああ‼」

「おいおい、こいつはヤバいな。無秩序に暴走しているように見えて、死角を作らねぇようにしてやがる。……こんなところで弟子の成長を見れるたぁ、これも師匠冥利につきるってやつかね。しかも、徐々にオーラの勢いが強くなってねぇか？」

隙を窺《うかが》い、いつ切り込もうか迷う一同の前で暴走するアルスは、徐々に黒いオーラを強めていき力を増していく。

故に持久戦になれば敗北することは必至で、どうにかしてオーラの隙を掻い潜《くぐ》ろうとするも、それができれば苦労しないというジレンマに陥るのであった。

前衛である戦士職のガイウスだけではオーラを受け止めきれないし、攻撃に余力があるアルスを相手にアマンダとハーデスが突っ込むわけにもいかない。

まさに、八方ふさがりといったところである。

だが忘れてはいけない。

ここにはとびっきり優秀なエリート天使、メルメルがいるのだから。

「ふふん。こんな時こそあたちの出番なのよね～。暴走した神聖な力をコントロールするのは、プレアニスの試練でもう乗り越えてきたのよ。くらえっ！　なのよー！」

天使の翼をはためかせるちびっこは手に魔力を込めると、「ふぬぬ～！」と黒いオーラを押し返す。

　勢いそのものが衰えたわけではないようだが、腐っても神聖な力を秘めている黒いオーラのことは、多少メルメルがコントロールできるようであった。

「おおっ！　ナイスだぜチビ、これで俺様の魔法が活《い》きる。大魔法結界・闇！　グラビティ・デス・フィールド！」

　黒いオーラが仲間に降り注がないようにコントロールし始めたことで、魔法を使う余裕ができたハーデスが足止めのために重力結界を発動する。

　指定した空間内部を超重力で圧縮することでアルスの行動を鈍らせ、ガイウスが最初の一撃を加える隙を作る作戦なのだろう。

　そうして絶好の機会を得た超戦士ガイウスは、落雷のように降り注ぐ黒いオーラが途切れるタイミングを見切り、勢いよく飛び出す。

「究極戦士覚醒奥儀！　スーパーデビルバットアサルトォ！」

「あああああああああああ!!」

「なにっ!?」

　しかし、まるで飛び込んでくるのが分かっていたかのようにアルスから追加の落雷が発生した。

　ただでさえ攻略が難しい局面で追加の落雷が降り注げば、さすがの超戦士も避《よ》けきることができない。

　そうして再び吹き飛ばされることで、攻略が振り出しに戻るかと思われた、その時。

「甘いよ坊ちゃん！　このアマンダ様を忘れてもらっちゃ困るねぇ！」

「……よしっ！　でかしたぞアマンダ！」

「礼がしたいなら、あとで酒でも奢《おご》りなガイウス！」

黒き落雷が降り注ぐ地点を見切り、サポートのために気配を消していたアマンダが、予備の短剣を投げつけて避雷針としたのであった。

これは、圧倒的な破壊力で押し切ろうとする暴走状態のアルスに対して、真逆の性質を持った手数の力で切り抜ける、まさにチームワークの勝利だろう。

「先に言っておくが、さすがだぜアルス。もうお前は完全に俺を超えている。だが、それでも……」

アルスのもとへ駆け抜けるガイウスは、たとえ意識がないと分かっていても伝えずにはいられない。

かつてはまだ小さかったあの子供が、もう自分などとうに追い越すくらいの立派な男として成長を果たしているのだ。

師匠として、友人《ダチ》として、ずっとそばで見守ってきた家族のような存在として。

だからこそガイウスは、ここで引くわけにはいかなかった。

「だが、それでも！　道を踏み外しそうなお前を踏み止《とど》まらせるのはなぁ……！　この、俺の、役目なんだよぉおおおお！！！」

「…………ッ!!」

そうしてついに、アルスの目の前へと辿り着いたガイウスの拳が、その横顔を捉えた。

戦士職として人類最高の域にいる大男が繰り出す、あまりにも強力な右ストレートによって吹き飛んだことで、まるで先ほどまでの暴れ方が嘘《うそ》のように静かになる。

どうやら力に取り込まれ暴走状態だったアルスの意識は、強烈な打撃によって再び覚醒したようであった。

「ガハッ！　い、いてててて……。い、いきなり殴るなんて酷《ひど》いよガイウス。って、あれ？　僕はいったい何をやっていたんだ？」

「へっ……。ようやくお目覚めかアルス。全く、世話を焼かせやがってよ」

「ええ？　なんのこと？」

意識を取り戻したアルスは暴走していた時の記憶がないらしく、一面砂だらけになった周囲の様子を見渡し、きょとんとするのであった。

◇

「そうか……。僕は、そんなことになっていたんだね……」

意識を取り戻したその日の深夜。

ことのあらましを聞いたアルスは静かに目を伏せ、少年を救えなかったことと、それが切っ掛けで暴走してしまった自分の弱さを受け止め、現実を噛みしめていた。

「ああ、あん時はビックリしたぜ。なにせ俺様のことも目に入ってないみたいだったからな。いったいどうしちまったのかと思った」

「ごめん、ハーデス。僕は……」

「いいっていいって。あんなの気にしてないからさ。アルスはいつだって俺様のことを第一に考えてくれてるのは分かってる。なあ、みんな？」

当時のことを思い出しつつも、意識がなかった時のことなどノーカンだと、軽く手を振りながら許すハーデスとその仲間たち。

仲間だからこそ、気持ちは分かるのだ。

平和な村を一方的に蹂躙《じゅうりん》した魔族が許せないのも、そんな中で唯一の生き残りを救おうとしたアルスが涙するのも……。

全ての者たちは皆、同じ気持ちだったのだから。

「こまけぇことはいいのよ、なの。全てはもう解決したことなのよね～。それよりも今はキャンプファイヤーをしてるのだから、もっと楽しむべきなのよ」

魔族の襲撃が切っ掛けで滅びた村を野営地として、メルメルが盛大なキャンプファイヤーを楽しんでいるのだから、もっと笑顔になるべきだと主張する。

本人としてはこのキャンプファイヤーこそ命の弔いであり、犠牲になった者たちへ向けた、今を生きる者たちの笑顔の光であって欲しいのだ。

「メルメル……」

「ほぉう、いいことを言うじゃねぇか。そうだな、その通りだ」

「この、たまに翼が生えてくるおチビちゃんは何なのだろうねぇ？　まさか天使様じゃあるまいし、摩訶不思議《まかふしぎ》な種族もいたもんだ」

その言葉にメルメルが、「いや、天使ですけど？」といった表情を向けるも全く相手にされず、見た目通りの年齢ではないにせよ、何らかの特殊な種族だとして受け入れられてしまうのであった。

とはいえそんな細かいことを気にするメルメルではないので、ぶっちゃけ本人としてはどうでもよかったらしい。

「とにかく、なのよ。いまのちみには、あたちがついていないとダメね？　またブレイブエンジンが暴走しないように、このエリートのあたちが見張っておいてあげる」

胸をはってドンとこい、といった様子のちびっこに少しだけ毒気を抜かれたアルスは、くすくすと笑い、気を取り直す。

「あはははは……。参ったね。今まさにメルメルに救われた身としては、嫌だとは言えないよ」

「ふふん。任せておくがいいの」

「だけど、今日だけはゆっくりさせて欲しいかな……。やっぱり、少し頭を冷やしておく必要があるみたいだ……」

そうして火の番をしている仲間たちとは一旦別れ、頭を冷やすためにこの場を離れるのであった。

この時は誰も気付いていなかったが、立ち去っていく彼の横顔には後悔と、そして何か恐ろしいモノに揺れる碧眼が月に照らされていたのであった。

◇

仲間たちと別れ、周囲の森で一人になったアルスは自らの両手を見つめる。

その瞳に映り込む両手は僅かに震えており、今まで失敗といえるような失敗をしてこなかったからこそ、たった一人の生き残りであった少年を救えなかった事実が心にトラウマとして残っているのだろう。

もっと言うのであれば、この失敗が原因で意識を失い、ブレイブエンジンという強い力に飲み込まれた自分自身が、果たして誰かを救い続けることができるのだろうかという疑問を抱いているのだ。

このまま黄金の瞳の力を使い続ければ、誰かを傷つけてしまうのではないか。

次もまた力に呑《の》まれない保証はいったいどこにあるのだと、そして次に自分が暴走してしまった時に、今度もまた仲間たちが止められる保証がどこにあるのだという恐れが付き纏《まと》っていた。

するとそんな心の葛藤を見透かしたかのように、突然後ろに気配が生まれ、今ここにいるはずのない者の声が静かに問いかけてくる。

「自分の力が怖いか、アルス」

「なにっ!?　誰だ……！　いや、この声は……」

斥候職を専門としているS級冒険者のアマンダほどとは言わずとも、気配察知においても達人並みである自分に全く悟られることなく現れた人物に、大きく動揺して距離を取るアルス。

まさかまだ魔族の残党がいたのかと警戒しつつも、あるはずのない懐かしい声に振り返ると、そこにいたのはなんと……。

「よう、久しぶりだな。父さんのもとを旅立ってから、そろそろ一年くらいか？　こうして直接会ってみると、やっぱりデカくなったなぁ……」

「父さん……」

そこに現れたのはなんと自らがもっともよく知る人物。

四つある大陸のどこかしらの拠点で母エルザと過ごしているであろう、父カキューであった。

なぜここに父が居るのかと自問自答するも、もともとあらゆる場所へ転移できることを思い出し、そういえばこの人に距離なんて関係なかったなと思い直す。

それよりも問題なのは、父が先ほど語っていた自分の力への恐怖。

もしなんらかの方法で今の現状を知っているのであれば、きっと相談に乗ってくれるために現れたのだろうと納得するのであった。

「父さんも知っての通りです。制御などできない僕のこの力は、きっと多くの人を傷つけてしまう。僕はそれが怖いんです……。この力が暴走したら、もしかしたら父さんだって……」

傷つけてしまうかもしれない。

そう言おうとして、言ってしまえば現実となってしまいそうになる恐ろしさから口をつぐむ。

ブレイブエンジンは願いの力。

もし想像上のものであっても最悪の未来を考えてしまったら、願いとなって実現してしまうのではないかと思ってしまったのだ。

だが、そんな息子の恐れを見抜いた下級悪魔はニヤリと不気味に口角を上げると、クツクツと笑いだす。

「く、くっくっく……。はぁーーーはっはっはっは！　なんだ、そんなことで悩んでいるのか我が息子様は！　これは傑作だ！　まさかこの父さんを相手に、傷つけてしまうかもなどという余裕を見せられてしまうとは！　冗談がうまくなったなアルス」

もはや堪《こら》えきれんと、涙を流しながら大爆笑するその顔には蔑むような感情はなかったが、代わりに、実力において天と地の開きがある息子様ごときでは、そんな心配は冗談にしかならんという余裕が感じられた。

何を隠そうこの下級悪魔、もとい父カキューーからしてみれば今のアルスなどまだまだヒヨコ以下。

せめて魔王を倒せるくらいの力を手に入れてから出直して来いと、そう言いたいくらいの力関係であったからだ。

「父さん、僕は真剣に話しているのです！」

「……いいだろう、そこまで言うのならば相手をしてやる。ブレイブだか何だか知らんが、今のお前がどれだけ頑張っても傷つけることのできない、超えられない壁というものを見せてやろう」

父カキューは悪魔の翼と角と尻尾を出現させて、かかってこいとゲスな笑いで手招きする。

もはやここまで挑発されてしまうと、心根は素直でも負けず嫌いなアルスとしては引くに引けず、とりあえず戦ってみる道しか残されていなかった。

息子の性格をよく理解した、実にえげつない煽り方だ。

さすが下級悪魔、汚い。

「……どうなっても知りませんよ、父さん」

「ククク……。大した自信だな？　そうだなぁ、もし父さんに掠《かす》り傷《きず》一つでもつけられたら、褒めてやってもいい」

まあ、今のままでは永遠に無理だろうがな。

最後に神経を逆なでする一言をつけ足し、両者は睨《にら》み合う。

片や既に黄金の瞳を発動させオーラを剣に変えたブチギレ寸前の勇者。

片やせめてもの誠意としてデビルモードで相手をしてやると言わんばかりの、余裕しかない下級悪魔。

まず最初に仕掛けたのはもちろん――――。

「おっと、手が滑った」

「ガハァッ!?　ちょ、ちょっと、余裕たっぷりなわりにやることがえげつない!?」

いや、もちろんではなく、なぜか最初に仕掛けたのは下級悪魔こと父カキューであった。

彼は睨み合い正面に集中する息子の不意を突き、真後ろに魔弾を転移させて後頭部を狙い撃ちしたのだ。

汚い、あまりにも汚い。

まるで先手は譲ってやるとばかり思わせておいて、その実、先制攻撃のチャンスを狙っていたのだ……!

「何がえげつないものか。このくらいの不意打ち、父さんの故郷では常套《じょうとう》手段だったぞ」

「父さんの故郷っていったい……」

だが今の先制攻撃はあくまでも挨拶のつもりだったのか、大したダメージを負ったわけでもないアルスは気を取り直し、再び剣を構える。

そうして黄金の剣とオーラを纏ったアルスは一息に距離を詰めると、余裕の表情でニヤけている父に向けて全力で剣を振り下ろした。

「ブレイブ・ブレード!!」

「うむ。では、デビル・ブレード」

「はぁ!?」

ギャリギャリギャリ、と硬質な金属音を立てて防がれた黄金の剣の先には、なんと同じ形状をした赤黒い魔剣が握られていた。

魔剣はアルスの持つ黄金の剣と同じようにオーラを固めてできたものであり、その性質は謎に包まれているものの、どうやら今引き出せるブレイブエンジンの力では押し切れないエネルギーを秘めていることが分かる。

その証拠に、徐々に赤黒い魔剣は黄金の剣を押し返し、ついにはアルスの黄金の剣を打ち砕いてしまったのだ。

「まだまだ、こんなものじゃないだろう。遠慮せずにそのナントカっていう暴走状態とやらでかかってこい。しっかりぶっとばしてやる」

「くっ……！　そこまで言うなら……！　もう後悔しても遅いですからね、父さん！」

挑発をもろに真に受けたアルスは感情を高ぶらせると、あの少年を救えなかった無力感と、村を滅ぼした魔族の悪意を思い出し暴走状態へと入る。

周囲には黒い落雷が迸《ほとばし》り、縦横無尽に標的である父カキューへと迫るのであった。

「あああああああああああああああああああ！！！」

「ほほ～う。なんというか、アレだな――――」

――まるで、話にならんな。

直後、落雷の全てを魔剣の一振りで消し飛ばした父カキューは、暴走しているアルスの正面まで辿り着くと真顔で鳩尾《みぞおち》にボディーブローを決めた。

そのあまりにも無慈悲な衝撃で一瞬で正気を取り戻したアルスは口から空気を吐くと、深刻なダメージにうずくまってしまう。

「はぁ、やれやれ。満足したか？　まさかこの程度の力で他人を傷つけるだのなんだのと、面白い冗談だったぞ我が息子様よ。これだったら、まだ瞳の力を制御しているいつものお前の方が、百倍強い」

「そ、そん、な……」

「それに、だ。お前の本領は他者を傷つけることではない。その力で救われた人たちのことを思い出してみろ……。ほら、例えばこれだ」

強烈なパンチに沈み息も絶え絶えの息子の前で、謎のアイテムを取り出し語り始める。

アイテムは空中に映像を投影させると、アルスが旅の中で救ってきた様々な場面が映し出された。

一人目は、ルーランス王国で助けた馬車に轢《ひ》かれそうになっていた少年。

彼は助けられたその後、命を救われた自らもいつかあのヒーローのようになりたいと、誰かを救う人になりたいと願い毎日模造剣を振り、冒険者を目指していたのだ。

既にその剣には正義の意志と勇気の炎が宿る、未来に誕生するであろう小さな英雄の姿が映っていた。

二人目は、宝石屋の店主と、その娘。

そして三人目は、四人目は、五人目は…………。

次々と流れる今まで助けて来た人々の笑顔と、その後の躍進。

確かにアルスの旅に救われてきた人たちは存在していて、……いや、それどころか大きなうねりとなってこの南大陸を勇気の炎で包み込まんとする勢いであったのだ。

「みんな……」

「どうだ、理解したかアルス。お前の旅は、その力は、これだけの人々を救い続けて来たんだ。それなのに暴走がどうのこうのと、二度寝している父さんでもあるまいに、なに寝言を言っているんだ。そんな黄金の瞳の力など、お前の意志で飲み干してしまえ」

意志の力で、黄金《かんじょう》の力を飲み干す。

お前にならそれができるはずだと語り掛ける。

もとより感情の方向性というのは意志によって定められ、制御される。

結論から言ってしまえば暴走するもしないも、いうなれば本人の意志次第なのであった。

故に、今のアルスに足りていなかったのは、恐れを踏み越えていく勇気そのもの。

もしかしたら、万が一の確率で、そういうケースに陥ってしまえばという、他人を傷つける可能性ばかりを気にしてしまい、自分自身に打ち勝ち勇気を持って立ち向かうという心こそが足りていなかっただけなのだ。

だからこそ先ほどのアルスの暴走は、自らに立ち向かうことを恐れて逃げ出した負け犬のそれでしかなく、一切の攻撃が通じなかったのだろう。

「そうか……。僕はいつの間にか、自分自身に負けかけていたんだ……」

「ま、そういうことだ。分かったのなら仲間たちのもとに戻れ」

――みんな、近くでお前の戦いを見ていて、心配していたみたいだぞ。

それだけ言い残すと父カキューはいつの間にか姿を消していて、既に気配すらなくなっていた。

「ありがとうございます、父さん。少し目が覚めました。もう、二度と自分には負けません」

声が消えて行った方向へと深いお辞儀をしたアルスの顔には、先ほどまでの弱気な表情は消え去っていたのであった……。

幕間

「いや……。改めて見ると、やっぱりすげぇなご主人の力は。本気を出したアルスをああまで一方的によ……」

「そうだねぇ。アタシもまさか、人類にこんなヤバいやつがいるなんて思わなかったよ。親があの調子なら、坊ちゃんの実力にも納得といった感じだ」

カキューが息子と戯れ、軽い運動をするかのようにあしらっていた戦闘を確認して、隠れて見守っていた二人は冷や汗を流す。

今や自分たちの中で最強とも言えるアルスの実力をもってしても、父親であるあの男には、指一本すら触れることが叶《かな》わなかったのだ。

分野は違えど、人類最高峰の実力を持ったこの二人であるからこそ、今ここで起きていることの異常性が良く分かったのだろう。

「確かにな。だが、俺様としちゃ複雑なところもあるが、今回はこれで良かったと思うぜ。見ろよあのアルスの顔を。もう吹っ切れたって感じで、こう、なんていうかさ……。カ、カッコいいよな……」

邪悪なおっさんのことよりも、まずは大好きなアルスの状態に目が行ってしまうハーデス。

彼女も彼女で通常運転であり、今は手に負えないあのおっさんよりも、目の前にいる想い人《おもびと》のイケメン具合の方が大事であると、恋する乙女脳全開で瞳を輝かせてしまうのであった。

全くもって、魔界の王太子であるだけに大した器である。

自分を第一に考えて優先してくれるアルスを愛してやまない、強がりだけど純情なハーデスらしい感性とも言えるだろう。

そして最後に……。

「なのよーーー!? なんなのよ、あの人間は！ 恐ろしい化け物なの……。あたち、怖くて夜おトイレにいけなくなっちゃったのよ……」

以前出会った時とは違う、下界で初めて見た意味不明な実力を持つ下級悪魔に対し、特殊能力は優秀でも戦闘力そのものは大したことがないメルメルなど顔を青ざめさせ、ぷるぷると震えてしまうのであった。

というか既にちょっとチビりかけており、「もうおうち帰るの！」とか、「助けてなのプレアニス！」などと、錯乱してしまっている状態だ。

だが錯乱したメルメルは時々「ふぁいあー！」を発射して危ないので、仲間の女性陣の中ではもっとも母性があるアマンダがよしよしと手なずける。

その発想が良かったのか、ちょっとだけ安心したちびっこ天使は大人の女性の胸にダイブし、まだ少しぷるぷると震えながらも平静さと落ち着きを取り戻すのであった。

「おチビちゃんにはちょっと刺激が強すぎたみたいだねぇ」

「うぅ……。ヤバいのよ、あの人間はヤバいのよ……。いくらエリートでも、メルメルにだって怖いものはあるの」

「はいはい。よしよし」

憐《あわ》れ下級悪魔。

本人は息子を励ましに来ただけなのに、ちびっこ天使の中では既に、触れてはならない禁忌として怖いものリストに載ってしまうのであった。

そうして仲間たちが見守る中、父カキューに喝を入れられ一人佇《たたず》んでいたアルスは顔を上げる。

もう少年の態度には落ち込んでいた頃の陰りなど一切なく、むしろ心が折れかけた経験を積んだことで、より一層精悍《せいかん》な顔つきに深みが増しているように見えた。

人間として、一皮むけたといったところだろうか。

「みんな、心配かけてごめん。もう大丈夫だよ」

心配していた仲間たちへと振り向き、誇りと自信を取り戻したアルスの笑顔は、いつもより逞《たくま》しく輝いて見えた。

◇

魔法大国ルーランスからさらに南へと下った灼熱《しゃくねつ》の大地。

そこに存在する、一般的には砂漠の国と言われる王国のとある場所では、四本の腕を持った巨大な人型のナニカが部下の上級魔族から報告を受けていた。

「何、全て失敗しただと？　力しか能のない筋肉ダルマの上級魔族を派遣したとはいえ、智謀《ちぼう》に優れたお前がついていて、か？」

「はい、左様でございます。ヘカトンケイル様」

ヘカトンケイルと呼ばれた巨人は、頭にターバンを巻いた人間の商人のように見える部下の報告を吟味し、うぬぅ、と唸《うな》りを上げる。

しかし部下の報告は明らかに事実のようであり、証拠として筋肉ダルマと呼ばれた牛頭《ごず》の上級魔族の亡骸《なきがら》の一部を、こうして持ち帰ってきているのだ。

これにはさすがの巨人も納得せざるを得ず、人間が部下を打倒するなどという馬鹿なことが起こり得るのかと思いつつも、改めて計画を練り直すしかなかった。

「何が、いったい何が起きている。ようやく重い腰を上げた陛下の命により、人間界を侵略する手《て》筈《はず》を完璧に整えたはずだ。それがまさか、教国に打撃を与えることも叶わず、そして人間たちの交流の起点となっている、グラツエールの港町を攻略することにも失敗するとは……」

誰に聞かせるためでもなく、一人ぶつぶつと呟《つぶや》き何がいけなかったのか、もしくは何が足りなかったのかと自問自答を続ける。

このままでは魔王陛下になんと報告すれば、いや、そもそもなぜ上級魔族がこうもあっさり、と悩むも答えは出ず時間だけが過ぎていく。

何を隠そう彼こそがここ最近起こった魔族騒動の首謀者であり、四天王の一人、巨人ヘカトンケイルなのだ。

「うぬぅ……。やむを得ん。報告にあった聖女の実力はともかくとして、上級魔族を打ち滅ぼしたという黄金の使い手だけは、我が直接相手をするしかあるまい」

人間にしては強い剣聖と、同じく人間にしては優秀な聖女は放っておいても大したことはできない。

なぜなら聖女の力は直接的な戦闘能力に影響せず、あくまで勇者の存在があった上で有効に働くサポート能力だからだ。

であるならば、まずは上級魔族を単騎で滅ぼせるという危険な黄金の使い手と、その仲間たちに焦点を向けることが先決であろうと考えるのは自然であった。

人間の成長というのは著しい。

故に、今ここで若い黄金の使い手を放置するということは、致命的な失策になり得るかもしれないのだから。

「仰せのままに、ヘカトンケイル様。それでは、やつらをおびき寄せるための策を練って参ります」

「任せたぞ。魔王陛下直々の命でお前を相談役につけてはいるが、そんなものは抜きにその智謀には期待しているのだ」

「ははぁ」

ターバンを巻いた商人魔族は平伏し、首《こうべ》を垂れる。

しかし頭を下げる中、その顔に映っていたのは力しか能のない馬鹿な巨人への、嘲笑《あざわら》いであった。

魔王直々の命で派遣されたというこの商人魔族が、なぜこのような態度であるのか。

なぜ黄金の力を持つ少年のそばにいたのが、「魔界の王太子ハーデス」であると報告をしていないのか。

その答えは、未《いま》だ闇の中に包まれているのであった。

ただ、それらを抜きにして一つだけ分かっていることは、商人に偽装した魔王の忠臣たるこの上級魔族が、四天王の命などどうでもよいと思っている、ということであろうか。

いやぁ、本当にビックリしたね。

ウチの息子がまさか暴走状態に陥るとは思いもしなかった……。

いつものように家族ビデオの鑑賞会を始めようと思っていたら、急に大暴れするもんだから、どうしようかと思ってしまったよ。

滅びた村の子供が死に、精神的にあそこまで追い詰められるまで手出しできなかったのは、この下級悪魔一生の不覚である。

本人に記憶はないだろうが、かつて滅ぼされた自らの故郷とあの子供の一件には似通ったものがある。

きっと赤子の時の出来事を本能的に感じとってしまい、同じ境遇にある村の子供を救えなかったことがトラウマになっていたのだろう。

とはいえアルスが信頼し、そして信頼されている仲間たちの働きは見事なもので、暴走状態に陥ったブレイブエンジンの力とやらをしっかりと鎮めてくれた。

特にガイウスなど、お前を止めるのはこの俺だと命をはって突撃したくらいだ。

昔から、こいつならいつか道を踏み外しそうになったアルスを正道に戻してくれると、そう思っていたが……。

　どうやらその勘は当たったようである。

「旦那様。アルスは……」

「いや、もう大丈夫だ。最後には完全に立ち直ったみたいだったぞ」

「そうですか……」

　一緒に家族ビデオの鑑賞会に興じていたエルザが心配しつつも、再び前を向き始めたのを理解し少しだけ安心したようだ。

　妻にまで心配をかけさせたことは申し訳なく思うが、終わりよければ全てよし。

　今のあいつなら同じような暴走を繰り返すことはないだろう。

　また別件として、今回の騒動の発端となった魔族の動向だが、こちらはこちらでなかなか怪しいところがあるみたいだ。

　四天王の指示で動いていると思われていた商人魔族だが、あいつの心の動き方が妙なんだよな。

　どうも忠誠を誓っているのは魔王であり四天王の巨人ではないようで、まるで上司であるはずのヘカトンケイルとかいうやつの命など、どうでもいいかのように作戦指揮、立案を行っている。

　本人には悟られないよううまくやっているようだが、はて、これはどうしたものかな……。

　これは俺の予想だが、たぶん商人魔族はあの巨人を失脚させるか、もしくは殺したいのだろうとは思う。

そうでなければ辻褄《つじつま》が合わない行動が多すぎるし、もっと深く状況を読み取るなら……。

「魔王は、魔界を道連れに――――としているのか……」

「え？」

おっと、これ以上の情報は妻を不安にさせるだけだ。

まだ不確定な要素があることだし、断言するのはまずいな。

「いや、なんでもないさ。……それより、どうやらアルスはようやく王都に辿《たど》り着いたみたいだ。ほら、なんか王様の前で表彰されてる。ははははっ！　ついに息子が勇者に認定されたぞ！　こりゃあおったまげたなぁエルザ！」

なんか知らんけど、ルーランス王の前でアルスが勇者に認定されていた。

グラツエールの港町を救ったのが良かったのか、はたまたそれまでの働きぶりのおかげかは知らないが、とんだビッグニュースである。

まだ女神を信仰しお告げを受けることのできる宗教国家、カラミエラ教国が絡んでいないので
んとも言えないところはあるが、とはいえこれは息子の偉業と言って差し支えないだろう。

そもそも勇者の力が云々《うんぬん》と、そんなことはどうでもいいと俺は思っている。

だってそうだろう。

勇者は誰よりも強いから勇者なのではない。

誰かのために強くあろうと願う優しい勇気が奇跡を起こし、偉業を成してきたからこそ人々はそ

れを称《たた》えたのだ。

そうして後の世が彼は勇者であると認めることで、伝説の勇者は今まで伝説たり得た。

ただ強いだけで良いならば、それこそ魔王だって強いから勇者じゃん、となる。

でも、実際はそうじゃない。

そこは履き違えてはいけないところだ。

であるならば、こうして南大陸の人々に希望と勇気の炎を灯《とも》し、数々の奇跡を起こしてきたアルスは誰がどう見ても勇者なのである。

根拠など、それで十分だった。

「あらあら……。教国が認めたわけではない非公式な称号ではあるものの、まさかアルスが勇者として選ばれるなんて……。ふふふ、この私の教育が良かったのですね」

「いいや、俺の教育だな！」

「いいえ、私の教育でございます」

と、そんな不毛な夫婦《めおと》漫才をしながら夫婦の時間は過ぎていくのであった。

さて、お次は砂漠の国が舞台になるみたいだが、今度の冒険はどうなることやら、だな。

◇

下級悪魔が妻といちゃいちゃする少し前。

港町であるグラツエール伯爵領で起きた騒動を報告するため、現在アルスたちは魔法大国ルーランスの王城で国王と謁見していた。

「そうか……。大儀であった、黄金の使い手アルスとその仲間たちよ。報告を正式に認め、そなたらの働きに感謝するとしよう。……何か望むものはあるか」

「いいえ、僕は僕の正義に従って、当然のことをしたまでです。見返りなど要求するつもりは一切ございません」

そう告げるアルスの表情は頑《かたく》なで、仲間として一緒に謁見の間に通されたメルメルが「え、あたちは何か貰《もら》いたいのよ」と、図々《ずうずう》しいお願いを主張するのを完全に無視しているくらいだ。

「ねぇねぇ、あたちは何か」

「見返りなど要りません」

「でも、あたちはやっぱり」

「一切必要としていないのです」

「ふぇ……」

憐《あわ》れメルメル。

貰えるものは貰っとこうの精神のちびっこ天使としては、どうにかしておいしい思いをしたいらしいのだが、見返りを求めて動いたわけではないということを主張するアルスの意志に阻まれてしまうのであった。

しかし国王の意見はどちらかというとメルメルに賛成のようで、ここまでの働きをした者には何かしら褒美がないと、国としても王としても体裁が保てないと判断しているようだ。

「そうはいかん……。父として、そして王として情けない限りではあるが、我が国の汚点であった第二王子フレイドの件を片付けたばかりか、港町やその他多くの町や村を襲った魔族の討伐、国益に繋《つな》がる数々の働きを、国民でもないそなたらが成し遂げているのだ。これで手ぶらで帰すようであれば、国王である私が笑われてしまう」

それはまさしく、純然たる事実。

たとえ本人が望んでいなくとも、成果をあげて何もなしでは今後この国のために働く家臣たちのためにもならないし、何より悪《あ》しき前例となる。

今後褒美を受け取る者たちは、彼らより優れた働きをしなければ相応《ふさわ》しくないと、そう外野から糾弾される隙を与えてしまうことになるのだから。

「…………しかし」

「うむ、アルスよ。そなたの想《おも》いはよく分かっておる。人となりについては、我が国の忠臣たる常闇から十分に聞き及んでいるのでな。……だから、私は考えたのだよ」

そうして、「ならばこうするのが、もっともよかろう」と一言入れてルーランス王は宣言する。

「数々の奇跡を起こし、人々を救う偉業を成し遂げてきた黄金の使い手よ。南大陸の国家を代表して、この国王ハレイド・ルーン・リア・ルーランスがその名において宣言しよう!!　そなたこそ今代の救世主。勇者アルスであると!!」

そうして鋭い視線で周りを一度見渡し、再び言葉を紡ぐ。

「いや、そなた以外の者が勇者など、ありえん!!　これは南大陸の国家一同の総意である!!　異議のある者は、今すぐに申し立てるが良い!!」

あらかじめ用意された台詞《せりふ》だったのだろう。

国王ハレイド・ルーン・リア・ルーランスの言葉に反論する者は一人もおらず、今まで勇者の旅に救われてきた貴族、騎士、または他国の重鎮たちは揃《そろ》って異議なしと宣言する。

誰一人として不満のない、満場一致の可決であった。

「こ、これはいったい……」

「ククク。少し驚かせてしまったかな、勇者アルスよ。しかし、これは私だけではなく、南大陸における国家全ての総意なのだ。受け入れるがよい。……のう、勇者の仲間たちよ。お主らもそうは思わぬか」

その言葉にはっとしたガイウスとアマンダは納得し、どこかテキトーな様子で国王の話を聞いていたハーデスなどは「ま、そりゃあ、そうだろうなぁ」とボヤく。

魔族であるハーデスからしてみれば、黄金のオーラ等の神聖な力はそれなりに肌へとピリピリくるものがあり、勇者でなかったらこいつはなんなのだと、そう思わずにいられなかったくらいなのだから。

特にいち早く勇者を見つけ、その力を導いたと自負している勇者学第一人者のメルメルなどは、今こそ功績を主張すべきだとタイミングを見計らっていたのか、平らな幼女ボディでこれでもかと胸をはりドヤる。

「ふふん、当然なのよ。おじいちゃんもようやく理解したようなのよね～。あたちこそ、勇者のブレイブエンジンを発見し、的確なアドバイスを送ってきた立役者なのよ。なにかご褒美をくれてもいいのよ？」

と、未《いま》だなにかしら貰っちゃうことを諦めきれずに自己主張するくらいである。

なんて強欲な幼女なのだろうか。

おいしい思いをすることにかけては、あまりにも手ごわいちびっこ天使だ。

だがそんなちびっこにドヤられたくらいでは国王が憤るはずもなく、孫を見るような優しい目つきで鷹揚《おうよう》に頷《うなず》く。

他国から来た貴族の中には声を上げようとした者が居たものの、なぜかこの国の者たちが少しも気にしていないのを見て、それだけの偉業を成し遂げてきた者たちであるからこその態度なのだと、そう再認識するのであった。

――――数多《あまた》の功績により人々を救い続けてきたアルスが勇者として認定された、その日の夜。

魔法大国ルーランスの王城ではこの日のために各国から集まった貴族、もしくは要職に就く重鎮たちが、非公式ではあるものの一千年の時を経て再びこの世に現れた勇者を祝い、盛大なパーティーを開いていた。

「ただいまより、我ら南大陸の国々が認めた世界の救世主、勇者アルス誕生の記念パーティーを行う！　皆の者、杯を前へ……。乾杯！」

乾杯！

乾杯なのよ、ＦＨＯＯＯＯ！

若干一名テンションの壊れた幼女がいたりしたが、会場にいる者たちは杯を合わせてそれぞれが笑い合う。

きっとこれから先、人類は勇者を旗印として躍進し一つとなって、魔族の侵攻にすら負けない力で世界を守り抜き、自らの手で平和を勝ち取るのだと、人々はそう信じてやまなかった。

「勇者の祭りに便乗したタダ飯はうまいの。この会場にあるものは、全て食べ放題なのよね～。あたちってば、ついに報われちゃったのかちら？」

「ふっはっはっは！　これは大したレディだ。まさかこの国王の前でこうも堂々と腹を満たすとは。うむ、大いに結構！　それでこそ勇者の仲間たり得る器の持ち主である！」

などなど。

なぜかこの国の王である、ハレイド・ルーン・リア・ルーランスの膝上に座り、集まった貴族たちから高級料理をちびちびと得ては、小さなお腹《なか》に収めるちびっこ天使が一名。

どうやら図々しくも、しかし決して嫌味のないメルメルのことを大層気に入ったのか、まるで自らの孫であるかのように頭をなでて溺愛する国王の姿があった。

今まで他人から食事を恵んでもらって旅を続けていたので、本人としてもこの状況を特に違和感なく受け入れているところが恐ろしい。

きっとこのちびっこ天使は、これからも勇者が功績をあげればお腹いっぱい美味《おい》しい料理を食べられるのだと、少しだけ知恵をつけ学習していることだろう。

「う～ん。どれも美味しいのよ。こんなに恵んでもらっちゃうなんて、罪な女なのね～」

「いいや、それは違うぞレディ。そなたらは貢がれているのではなく、今までの功績が認められた上で、正当な評価として歓待を受けているのだ。それは誇りに思うことではあれ、決して卑下するようなことではない。履き違えてはいけないよ？」

人生経験から来る重みのある国王の言葉に、「おお～」と声を上げて感心する。

思いやりに溢《あふ》れつつも冷静で正しい評価にちょっと気をよくしたメルメルは、国王の膝上から飛び降りると「それなら、これは歓待のお礼なのよ」ということで、どこからか集めて来た野営セットを広場の中心に置くと盛大なキャンプファイヤーを始めたのだった。

しかも今回のキャンプファイヤーは、ただの炎ではない。

歓待してくれる人々へのお礼バージョンということで、天使の力で色とりどりの炎を出現させるパフォーマンスとしたのだ。

ある意味、これはこれでパーティーの催しとしてはアリだった。

「おいおい、あいつこんなところでも焚《た》き火《び》してるぜ。というか、誰も止めずに見入ってるのがすげぇな……。人間ってこういうのが好きなのか？」

「あはははは……。まあ、悪くないアイデアではあると思うよ。これはお祭りみたいなものだしね。確かイーシャちゃんの誕生日会でも、色々と大道芸人がパフォーマンスしてたし」

「へぇ～」

そう語るのは勇者となったアルスに寄り添い、彼氏の腕をガッチリホールドして他の貴族令嬢への牽制《けんせい》としているハーデス。

今もなお少しも成長しないバストサイズのせいか、あまり柔らかくない胸で好き好きアピールするもアルスには効果が薄いようで、普通に真面目な答えを返されてしまっていた。

また、ガイウスとアマンダはそんな二人の甘酸っぱい青春を遠目で見て笑いつつ、あと一月もしないうちに成人するものの、一応まだギリギリ未成年である勇者の保護者ということで貴族たちの対応をしているようだ。

「でも、本当に僕が勇者だなんて夢みたいだ……。ちょっと、実感ないよ」

「そうか？　俺様は、きっとこうなるんじゃないかと思っていたぜ。なにせあの黄金の力は、こう、なんというか。触れると肌がピリピリして、刺激が強かったからな。ま、まあ、全然、嫌じゃなかったけど？」

少しやせ我慢しつつも、それに、と言い彼女は続ける。

「それにな。お前とずっと旅を続けることで、俺様にも色々と変化があったぜ。でもそれはみんな同じで、この世界で出会ったやつらの生き様にも、仲間たちにも、ついでにあの邪悪なおっさんにも何か変化があったはずなんだ。今はうまく言葉にはできないが、みんなお前が居たからこそ救われてきたんだ。自信を持てよ、アルス」

にししっ、と満面の笑みで語るハーデスの心にはいつもアルスがいて、常に全力で肯定してくれるのであった。

そんな最高の女性に愛され、様々な人々との繋がりに恵まれたアルスは、救われているのは自分自身の方だと心の中で独白する。

「ああ、分かっているよハーデス。ちょっとだけ、ここに父さんと母様が居ないのが寂しかっただけさ」

できれば自分がこうしてみんなに認めてもらっているところを、父や母にも祝福してもらいたかったなと、そういう感情があるのは否定できない。

いくら強い心を持つアルスとて、今はまだ十四歳を間近に控えている程度の子供でしかない。

もっと両親から褒められたいし、自分のことを見てもらいたいし、甘えたいという気持ちだってあるのだ。

ただそんな感情に流され家族の愛に頼りきりになり、日々進歩していく仲間たちとの成長、旅を疎《おろそ》かにしてしまえば今の時間がもったいないなと、そう思っているからこそ前を向き続ける。

だが、ハーデスの意見は少し違ったようで、アルスの想いに首を振って別の観点から答えを出す。

「いいや？　確かに姿は見えねぇが、それでもきっと、どこかで隠れてお前のことを見守っているんだと思うぜ。あの邪悪なおっさんが、自分の息子の晴れ舞台を見逃す玉だとは思えないしよ」

「ははは！　確かにそうだね。あの父さんだものね。ありえるよ」

そんな時、どこかで「ぶわっくしょい！」という謎のくしゃみが聞こえてきたことで、二人はクスクスと笑い合うのであった。

そうして、それぞれが意味ある時間を過ごしている中、もう良い頃合いだろうと見計らったルーランス王が立ち上がり、会場に集まった者たちへ向けて語り出す。

一つ目は、明日から再び旅立つ勇者たちへ向けて、この南大陸の国々は最大の支援を約束するということ。

二つ目は、どうやらここからさらに南へ下った灼熱《しゃくねつ》の大地、砂漠の国で魔族によるものと思われるきな臭い動きがあるということ。

できれば勇者一行にはそちらへと赴いてもらい、再び騒動の発端となり得る魔族の情報を摑《つか》んできて欲しいと語るのであった。

「そなたらにも事情はあるだろうが、可能か、勇者よ」

「はい。どちらにせよ僕たちはこの騒動をこのままにはしておけません。砂漠の国に何かがあるというのであれば、自《おの》ずとそちらへ向かうことになるでしょう」

力強いアルスの判断に周囲の仲間たちも頷き、ちょっと食べ過ぎて寝ちゃっているメルメルはさておき、新たな旅の目的地として砂漠の国への訪問を承諾するのであった。

◇

「クハハハハハ！　こいつは爽快だなアルス！　久しぶりに俺様の中に眠る熱い何かが燃えてきたぜ！」

「ひゃっほぉおおおう！　なのよーーー！　あ、そこをもうちょっと右に進むのよ。その辺の魔物なんて蹴散らして進むの」

「クルォオオオーーー！」

「そうなのよ。あなたならやれるのよ？　あたちには分かるのよ？」

魔法大国ルーランスから、さらに南に下った灼熱の砂漠地帯にて。

各国から多大な支援を受けて旅立ったアルスたち一行は現在、砂上を泳ぐように高速で走る超巨大サンドワームを移動手段として砂漠の国を目指していた。

とはいっても、このサンドワームに関しては別に国から給《たま》わったものではない。

魔法大国を発《た》つ時に受けた支援は多額の資金や魔法のアイテム、国境や各町を顔パスで通過できる勇者の肩書きと、その国の王や領主に優先的に謁見できる権利であったからだ。

他にも、各国は勇者からのあらゆる要請にできるだけ前向きに対応するという、いわゆる暗黙の了解もあるが、現時点で与えられているのはこの程度である。

ではなぜ、この全長百メートル以上はありそうな巨大なサンドワームが、彼らを背に乗せて砂の海を渡っているのかというと……。

「いやぁ、お客さん。わたくしどものキャラバンまで乗せてもらって、本当に申し訳ありません。まさか旅人を相手に商売するつもりが、逆に助けられる形になってしまうとは……」

「いえ、お気になさらないでください。僕たちを襲ったこの子も、こうして回復魔法で元気になったら心を開いてくれました。困った時はお互い様ですよ」

なんと襲い掛かったサンドワームの様子がおかしいことを察したアルスは、なんらかの原因で傷つき暴れていたのを察し、回復魔法で癒すことで魔物の心を開いてしまったのであった。

負っていた深い傷が癒され救われたと理解した魔物は、目の前の人間たちと戦う意味がなくなったのだろう。

以後は自分の力で破壊してしまったキャラバンの代わりに、この灼熱の砂漠を渡る騎乗生物としての役割を自ら買って出てくれたというわけである。

特に今回はメルメルも大いに活躍していて、天使の力故なのか、なぜかなのか。

魔物と意思疎通が図れるのをいいことに、以前の一人旅で訪れたことのある砂漠の国を目指しため、友達になったサンドワームを指揮して進行方向を決定しているのであった。

もちろんこの巨大な魔物の力は大きさに比例して相応に強く、それこそ地上戦であれば属性竜にすら匹敵するほどの力を秘めている。

空が飛べないという点を踏まえれば竜に勝利することはできないが、それでも近場の魔物を蹴散らし進むだけであればなんの問題もない。

「いやはや。これほどの魔物に立ち向かうばかりか、心まで開いてしまうとは……。まだ若いのに器の大きな御方《おかた》だ。まるで、最近ルーランスで正式に発表されたという、伝説の勇者様のようですな！　はっはっはっは！」

「あ、あははは……」

本来であればここで勇者であることを明かしても良いのだが、肩書きにそこまで強い拘《こだわ》りを持っているわけではないアルスは、とりあえず苦笑いで誤魔化す。

しかし、それを見ていたガイウスは弟子が立派になったことが嬉《うれ》しいのか、ニヤニヤしながら後方で談笑する。

「へっ、まさかここにいるのが、その勇者様だとはあのキャラバン長も思わなかったみたいだな」

「そりゃあ無理があるってもんさガイウス。まだ正式な発表があって一週間ほどなんだから、噂《うわさ》だって正確に伝わっちゃいないだろうさ」

今代の勇者が金髪碧眼《へきがん》であることや、その仲間たちの特徴が正確に伝わるほど時間が経《た》っていないとアマンダは察する。

いずれこの商人も、あの時に出会ったのが勇者であったと気付くことはあるかもしれないが、それは今ではないだろう。

そうして、道中で様々なアクシデントを解決しながらも旅は進んでいき、ついに目的地である砂漠の国が見えてくる。

見上げるような大きさのピラミッド型の古代遺跡を擁し、迷宮として機能する遺跡があるからこそ成り立つと噂される、迷宮王国ガラードへと辿り着くのであった。

◇

「おお、よく来たたな。勇者アルスとその仲間たちよ。歓迎しよう」

迷宮王国ガラードが誇る、膨大な量の金で飾り付けられた荘厳な王宮にて。

歴史を紐解《ひもと》けば古代遺跡の一部とも言われているこの宮殿では、勇者の来訪を知ったガラード王が謁見の間で彼らを心待ちにしていた。

それもそのはずで、ガラード王からしてみれば魔族の気配があるというだけで、気が気ではないのだ。

もちろんこの国とて相応の自衛力があり、加えて、切り札となるS級冒険者の囲い込みもしているだろう。

だが、魔族とは最下級の者でも小さな町を単独で滅ぼせるB級冒険者並みであり、中級ともなればS級に届く個体すらいる。

ゆえに、グラツエールの港町で起きたような上級魔族の襲撃などあれば、一瞬で国は大打撃を負うことになるだろう。

仮に倒せたとしても国力を消耗するのは明白で、この王都を立ち行かせるだけの余力が残るかも怪しいのだ。

そこに上級魔族ですら黄金の剣で一刀両断できる勇者が来訪するとなれば、是が非でも力を借りたいと思うのは必然。

いかな王とて、いや、王だからこそ自国にとって何が一番有益なのかを考えなければならず、勇者を無下にするという選択は何があっても取れないのであった。

「はい。お初にお目にかかりますガラード王。この国に魔族の気配があると聞いて、それを追って参上しました」

「うむ。ルーランス王からだいたいの事情は聞いておるだろうが、その通りだ。そして……」

王は一拍おいて、まずは現状、この国がどのような状況に置かれているのかを説明しだす。

何はともあれ話さなければならないのは、魔族の仕業であると根拠づけることになった、この国に起きている異変。

というのも、そもそも前提としてガラード王国の迷宮は既にその役割を終え、機能を停止している。

しかしここ最近はなぜか、歴史の保護という名目で浅い階層の見回りを行っていた騎士が、迷宮内部にて行方不明になることが多発していたのだという。

そのことを不審に思ったガラード王は、迷宮内部に騎士団の派遣を命令し調査したところ、なんと砂でできた人形のような魔物が無数に見つかり、襲い掛かって来たのだ。

「なるほど、既に機能を停止しているはずの無人遺跡から、際限なく砂人形が溢れ出してくると……。魔族の仕業にしろ、そうでないにしろ、何か裏がありそうですね……」

「そうだ。これは明らかに何者かの手によって起こされている現象。しかし規模を考えれば、まず間違いなく魔族が裏にいるのだろうな」

幸い騎士団の活躍もあり、今まで被害という被害は出ていない。

だが、王宮に隣接した迷宮から魔物が溢れ出してくるとなれば、歴史ある遺跡を擁する国の威信としても、魔族の暗躍を危惧する安全面でもこのままというわけにはいかないのだった。

「もちろん騎士団はこのまま内部の調査を続行し、今までの調査結果を勇者殿にお伝えもしよう。だが、万が一上級魔族か、それ以上の何かが関わっていると見据えて動くのであれば……」

「はい。それこそ、僕たちの出番です。そのご依頼、しかと承りました」

最悪を想定して動くという、国を預かる立場の者としての最善を選んだガラード王に、アルスははっきりと頷く。

「うむ。内部はおそらく、既に異空間と化しているだろう。旅の疲れもあるであろう勇者らは、まずこの国でしばらくの休養を取ったあと、調査に乗り出してもらいたい。何か要請があれば、こちらからもでき得る限りの支援を約束しよう。宜《よろ》しく頼んだぞ」

ガラード王は締め括《くく》り、万全の状態を整えた勇者たちへと、異空間と化した遺跡への探索を命じるのであった。

◇

砂漠の国、迷宮王国ガラードへと辿り着いた翌日。

一晩の休憩を取ったアルスたち一行は探索に必要な物資の買い出しへと出かけ、数日後の出立に備えてそれぞれが城下町で別行動をしていた。

「この最高級お肉、全部もらおうか、なの」

「え、ええっ!? 君がかい!? ちょ、ちょお～っと、お嬢ちゃんには支払えないんじゃないかな？」

そしてここに、もっとも一人にしてはいけないちびっこ天使が一名。

支給された多額の資金でキャンプファイヤー用のお肉を買い漁《あさ》り、魔法大国ルーランスで国王《おじいちゃん》にもらった魔法の道具袋をチラつかせ、小さな胸をこれでもかとはりながらドヤっているのであった。

「大丈夫なのよ。あたち、こう見えてもエリートでお金持ちだから。ぜんぶ食べられるのよ？」

「いや、全部食べるって……。だけどその魔法袋は、まさか……」

肉屋の店主も幼女の不審さに気付き始めたのだろう。

なぜか貴族でもそうそう持ち得ることのない魔法袋を所持し、臆面もなく高級肉を要求するこの幼女は、おそらくタダ者ではないと。

そして思い出す。

そういえば、王都へと入場する際に大歓声をもって迎えられた勇者一行の中には、妙に自信がありそうなふてぶてしい幼女が紛れ込んでいるという噂があったことを。

まさかとは思うが、このサングラスをかけた金メダル所持者の幼女が、もしかしたら勇者の仲間なのではと、急に冷や汗を流し始める。

一度その印象を持ってしまえば、もうどこからどう見ても目の前にいる幼女は偉大な人物にしか見えない。

とにかく、下手したら国王よりも重要人物であろう勇者とその仲間の不興を買わないためにも、むしろ無料でいいから肉を持っていってくれと言う始末であった。

だがしかし、お店から商品を購入するという概念を旅の中で学び、なにかを恵んでもらうにしても、正当な功績と評価あってのものだとルーランス王から言われているメルメルは、それを認めない。

「ダメなのよ？　ちゃんとお金を払わないと、お肉を売っている人が生活していけないの。あたち、王様《おじいちゃん》から色々教えてもらったし、あなたの気持ちは分かるのよ。だから、はい。これが最高級なお肉に対する、功績《ほうしゅう》なのよ」

取り出した金貨は、間違いなく注文した肉の値段にピッタリなちょうど良い支払いっぷり。

メルメル的にはなんかよく分からないけど、これくらい払ったら丸く収まりそうという感覚で出した金貨であったが、その直感は大いに当たってしまう。

「け、計算がとてつもなく早いですね……。さ、さすが勇者様のお仲間です」

「ふふん。そうかちら？　でも、これくらいできないと立派なレディとは言えないわ？」

店主が高級肉の値段を勘定し終えるよりも数段早く支払金額を算出したことで、やはりこの幼女は見かけによらずとてつもない力を秘めているのだと、そう思わずにはいられない。

きっと本気を出せば大魔法を意のままに扱い、今までも魔族と渡り合ってきたのだろうと、変な誤解をしてしまうのであった。

だが勘違いしてはいけない。

このヤバそうな幼女は確かに火の制御を覚えて、さらに龍脈の力もなんとか扱えるちびっこ天使ではあるが、計算とかはちょっと難しかったので決算書類を灰にしてしまおうとする、とても危険な存在なのだ！

とはいっても、多くの経験を経て成長した今のメルメルであれば、分からないことはちゃんと分からないと言える可能性もあるので、この判断が正しいかどうかは諸説ある。

と、そんな時。

「メルメル、こんなところに居たんだね。そろそろ帰るよ」

「おうチビ。探したぜ」

「あ、あなた様は!?」

覚えたての正論でドヤっていたちびっこ天使に声をかけ、手を引くようにして現れたのは、今やこの王都で知らぬ人のいない勇者アルスその人だった。

彼はあちこちを点々とし、王都各地でキャンプファイヤーに必要な物資を買い漁るメルメルがなかなか帰ってこないのを心配し、こうして迎えにきたのだ。

「あ、勇者とハーデスなのよ。でも、あたちはもう準備は整ってたのよ？　そろそろ帰るつもりだったの」

「はいはい。メルメルはいつも準備万端のエリートだもんね。分かってるよ」

「えへへ」

そう言うメルメルの道具袋には最高級肉の他に、路地裏で花を売っていた少女からもらった雑草、売れない魔道具屋さんの青年から買い取った、ちょっと何に使うのかよく分からない回転する円盤などなど、色々な物が混入していたのであった。

本人としては、雑草はキャンプファイヤー用の高級肉を包む葉っぱとして、円盤はお皿として用意したものらしい。

しかし、この一見散財したかのように見えるちびっこ天使の行動は、後に少しだけ王都の人々を救うことになる。

花と称して雑草を売っていた少女は貴重な金貨を得て、そのお金で病気を患っていた母を癒し、あの時に出会ったちびっこのように人に優しくする心を学ぶ。

その心はいずれ少女の神聖魔法の才能を目覚めさせ、数年後に多くの王都住民を救うことになるのだ。

また、初めて自分の力作である魔道具を買い取ってもらった青年は自信を取り戻し、翌々年には王都では知らぬ者の居ない素晴らしい魔道具職人へと成長を果たす。

まさにメルメルが起こした、謎のバタフライ効果の賜物《たまもの》である。

そうして、ある者はクソ真面目に、ある者はグルメを探し、ある者は勇者にベッタリついて回り。

勇者たちはそれぞれが必要なものを購入し、数日後の古代遺跡の探索に向けて英気を養うのであった。

◇

「今、なんと言いましたか……。ハレイド・ルーン・リア・ルーランス陛下」

「うむ。ならばもう一度言おう。かの黄金の使い手を今代の救世主、勇者アルスとして認めると言ったのだよ、聖女イーシャ・グレース・ド・カラミエラ嬢?」

時は少し遡り、アルスらがまだこの国を発って間もない頃。

入れ違うようにして謁見の間へと通された聖女イーシャは、剣聖エインを引き連れて魔法大国ルーランスの国王と対面していた。

ちなみに、謁見の間での出来事とはいえ他の貴族たちは既に自分の領地へと戻っており、周りにはそれでも残っていた少数の貴族と、王を守る多少の騎士しかいない。

要するにこれはほとんど非公式の対面であり、一応カラミエラ教国を代表して訪れた皇女であり聖女である者だからこそ、挨拶のために王城へ通された形となる。

問題だったのはここから先で、なんと謁見の間では南大陸でも三本の指には入る大国の国王が、教国の意志とは無関係に勇者の認定をしてしまったという。

確かに、今まで訪れてきた町や村では金髪碧眼の少年と、その仲間たちが起こしてきた数々の活躍を知って、王都では勇者だと呼ばれていることも理解していた。

だが、それはあくまでも人々がそう呼称しているだけで、いわゆる二つ名のようなものだと聖女イーシャは考えていたのだ。

それがまさか、国王自らが認定した正式なものになっていようとは思いもしなかったのである。

「ありえません!　勇者というのは創造の女神から告げられてようやく、その存在を確固たるものとして人類が受け入れるべき英雄、救世主なのです！　たとえどれだけ力が強くとも…………」

「フン、何かと思えば。ばかばかしい」

「……なっ!?」

アルスにベタ惚《ぼ》れであるが故に、無責任に勇者などと呼び世界の行く末を背負わせるのは、どう考えても道義に反する行いだと思っているのだろう。

そのことに関しては、勇者がどういうものなのかという教育を受けてきた剣聖エインも賛成で、カラミエラ教国に根強く残る勇者の信仰があるからこそ納得していた。

だが、聖女が全てを言う前に言葉を遮った国王は、まだ成人もしていない少女の言い分をまるで鼻で笑うかのように切って捨てたのである。

これには国王と対面している二人も驚愕《きようがく》せざるを得ない。

しかも、その様子を見た国王はまるで「何を勘違いしているのかね、そなたらは」と言いたげな視線を向け、さらに畳みかける。

「よいかね、教国からの大使よ。別にそなたらの教義に関して、我らが口を挟むようなことはない。だが……」

ルーランス王は語る。

勇者とは何なのかを、伝説の勇者が今まで人々の求心を得て来たのは、なぜなのかを。

特別な力を持って生まれた存在だから勇者なのか？

それとも、魔王や魔族といった、巨悪を打倒し得る英雄だから勇者なのか？

もしくはカラミエラ教国が信仰する女神がお告げをしたから勇者なのか？

「否。否。否……!!　全くもって違う、見当外れもいいところである。そうではない、そうではないのだ聖女らよ……。勇者とはその生まれや特殊能力によって定められる存在でもなければ、誰かを打倒し傷つける力を持つ者のことを指すのでもない。勇者とは……」

勇者として生まれて来たから、勇者なのではない。

かつて、誰も及ぶことのない偉業を打ち立てた伝説の勇者が、その大いなる功績によって今もなお信仰され、伝承として人々の記憶に残るように……。

かつての英雄が成してきた勇気ある行いが、誰かを守るため、救うために強くなろうとしてきたものであり、その優しさこそが、彼らの本質であったように……。

「故に、その勇気ある旅路の結果として……。一千年前に世界を救うこととなる世界最高の英雄誕生に繋がったのだと、我々は思っておる。それこそが伝説。そうであるからこそその勇者なのだと、少なくとも私はそう思っておるよ。そして、かの少年はそれだけのことを成してきたのだ」

まだ若い二人の英傑をまるで諭すように語る国王の瞳には、どこか温かい光が灯されており、長い人生を生きてきた王の重く優しい一言一句が聖女の心に染み渡った。

そうしてどれだけの時が過ぎただろうか。

まるで王の言葉を反芻《はんすう》するように、目を瞑《つぶ》り深く考え込んでいた聖女は面を上げた。

「確かに。全て陛下の仰《おつしや》る通りなのでしょう。……しかし、そこまで仰るのであれば一度、かの少年アルスを教国へと連れ帰り試練を受けさせなければなりません。勇者とは人類全ての者の希望。その力が不完全な状態で旅を続けさせ、いずれ出会うであろう巨悪に殺されてしまっては、元も子もないですから」

教国における、勇者の試練。

それがどういうものなのかは未だ不明であるが、聖女とてアルスのことを誰よりも認めているからこそ、このままにはしておけなかった。

勇者と認定される前であればまだしも、もしこのまま突き進めば、いずれ魔族に目をつけられてしまうのは時間の問題であろう。

いや、もう既に目をつけられている可能性すらもある。

だからこそ、その力が完成する前に巨悪と出くわし滅ぼされないよう、万全の状態を期すために自国へと連れ帰ろうとしているのだ。

「うむ、危機管理という意味では、間違いなくその通りであろうな。そなたの心配も理解できる」

「では……」

「だが、既に勇者は砂漠の国へと旅立った。しかし、出立したのがつい先日のことであるが故、急げばまだ間に合うだろう」

国王はそう語り、その後、砂漠の国までの道案内と環境に応じた各種装備を提供すると約束し、謁見の間を離れる聖女たちを見送るのであった。

第六章

砂漠の国、迷宮王国ガラードへと辿《たど》り着いてから数日後。

ようやく内部の様子を調査していた騎士団から詳しい事情を聞き、休養も物資も十分に整ったアルスたちは、何者かの手によって異空間と化している古代遺跡内部へと突入していた。

ピラミッドである古代遺跡内部には本来広い空間や通路はないのだが、異空間化した影響で既に小さな町であればすっぽり一つは入るであろう巨大空間へと変化している。

その分だけ動きやすくはなったものの、迷路状に広がる町一つ分を探索するのは困難であり、その上際限なく魔物まで出て相手をしなければならないとなれば苦戦は免れない。

「くっ、予想以上に砂人形が多い！」

「全くだぜ！　倒しても倒してもキリがねぇ。俺様の魔力だって無限じゃねぇんだぞ！」

ある程度は騎士団の調査により詳細が明らかになっており、最初は順調に探索を進めていたのだが、少しでも受け取った地図の範囲以上に進もうとすると、とたんに敵の数が大幅に増したのだ。

とはいえ、これは当然といえば当然の結果である。

なぜならば騎士団がこれ以上は進めないと判断し撤退した範囲というのが、この地図の先にある場所なのだから。

いくら勇者とその仲間たちの力が飛び抜けて優秀であろうとも、数の力で調査を繰り返していた騎士団が無理だと判断した魔物の大群を相手にして、そう簡単に前に進めるわけがなかったのだ。

「どうするアルス、このままだとジリ貧だぞ！　一旦戻って、ここから出るか!?」

「いや。無策に来た道を引き返しても、数の力を相手に特別な打開策なんてないよガイウス。だからこそ厄介なんだけどね……。でも、もしこの場に父さんが居たなら、きっとここは……」

そう返事をするアルスの表情には、今までの彼には見られないような狡猾《こうかつ》な笑みが宿っており、まるでどこぞの下級悪魔を彷彿《ほうふつ》とさせるような頼もしさがあった。

あの日に暴走して以来、父に叩《たた》きのめされた一戦から多くを学んだアルスは常に考えていたのだ。

もしあの時の滅びた村に居たのが自分ではなく、父だったらどうしていただろうと。

仮に少年を救えなかったとしても、その絶望を父であればどう乗り越えたのだろうと。

何度も考え、あらゆるパターンを想定し、自分の理想とする人物の行動を分析してきた。

結果、彼は今までにない戦略を見出《みいだ》す。

「よし、逃げるよガイウス！　こんな物量作戦を正面から相手にしてやる理由なんてないんだ！　全ての砂人形から逃げ切って、この魔物を量産しているだろう本体を叩きに行く！」

答えは、そもそも戦わないという選択肢。

またの名を、清々《すがすが》しいまでの敵前逃亡であった。

自らの父は確かになんでもできるし、底知れない力を持っている。

だが、その力を発揮するのはいつだって必要最低限な、決定的な瞬間の時のみであり、常に無駄がなく効率的だった。

故に普段起こる雑多な問題に対しては能力で解決しようとはせず、時に母エルザからの追及を言い訳で躱《かわ》し、時に母の怒りをジャンピング土下座で鎮め、時に隠れて二度寝をしたり、サボるために適当な理由をつけて仕事から逃げ続けたりしているのだ。

だが、それでもいざという時には絶対的な力を発揮する。

つまり、そのことから導き出されるのは、力の要点、使いどころ、手を抜くバランス。

要は目の前に見えている現実だけが全てではないという、本質を見抜く力であった。

「がってん承知、なの！　こんないっぱいの魔物を相手になんてしてられないのよね〜。あたち、働き過ぎはよくないと思うの」

「アハハハハハ！　確かにそうだねぇ、坊ちゃんの言う通りだよ。ここは逃げるが勝ちってねぇ！」

言うや否や、それぞれが縦横無尽に砂人形をかく乱し、もともと機動力や素早さで圧倒していることもあり、あっという間に迷宮内部を駆け抜けていく。

軍隊として機能する騎士団ではできない、少数精鋭だからこそできること。

そのことに気付いた彼らの進行速度は圧倒的で、ものの一時間もしないうちに砂人形フィールドを突っ切り、本体であろう魔族のもとへと辿り着いた。

「おやおやぁ、これは勇者さま方。ご機嫌はいかがですかな？　私の作品である砂人形たちと戯れていただき、まこと感謝の念が……」

「ブレイブ・ブレード!!」

頭にターバンを巻いた、一見すると人間の商人のように見える者の戯言《たわごと》を聞き流し、問答無用で斬りかかるアルス。

前提としてこんなところに人間が居るわけがないし、いたとしても王都を騒がせている上に魔物を生み出し続けるという、危険極まりない犯罪者だ。

故に手加減をする理由はなく、とりあえず下手に相手に時間を与えないよう行動不能にしようとしたのだが……。

「おひょぉ!? あ、危ないですねぇこの勇者さまは! 私、もう少しで右腕が胴体と生き別れてしまうところでした。およよよ……」

「くっ、こいつ、見かけによらずとても体術が卓越してる! みんな気を付けて!」

しかし、この人間に偽装した魔族の動きは常人では考えられないほどに俊敏で、卓越していた。

剣技においても身体能力においても、人類基準では間違いなく最高峰であるアルスの一撃を、目で見てから躱したのだから相当である。

一見すると焦って避《よ》けたように装ってはいるが、道化師のようにおどけた様子の男からは窮地に陥った者特有の緊張感がない。

あまりにも不気味であり、油断ならない相手であった。

「いえいえ。そんなそんな。私ごとき商人魔族を相手に気を付けるなどと、そのような心配は無用でございます。なぜならば私にはあなた方に危害を加える理由などなく、ただちょっと、そちらの赤毛のお嬢さんに用があっただけでございますので……」

「なに？　俺様に用だと？　というかお前、どこかで見たことが……」

どこまでが本心で、どこまでが建前なのか。

それとも、この全てがこちらを惑わすための戯言なのか。

アルスがこれまで出会ったことのないようなタイプの敵に対し、どう対処していいのか分からず手が出せずにいるようであった。

「ええ。そうでございますとも、魔界の王太子ハーデス・ルシルフェル殿下。御父上《おちちうえ》である陛下が、あなたのことを大変心配しておりましたよ？　故に、こうして少し話し合いの場を設けさせていただくことにした次第でございます。……ほれっ」

「なっ!?　しまった！　ハーデス避けて！」

するとどこからか突然、同じ姿恰好《かっこう》をした魔族と思わしき道化師が、後ろからハーデスを羽交い締めにしたのである。

もともと立ち位置的に後衛であり、前衛であるアルスやガイウス、アマンダといった身体能力に優れた者たちから距離を取っていた彼女は、あまりにも唐突に受けた不意打ちに対応できず拘束されてしまう。

「なっ!?　放せバカヤロー!　俺様の嫁入り前の清い身体《からだ》に触るんじゃねぇ!　というかアルス以外の男が触るな!　ぶっ殺すぞ!」

「ほっほっほ。さて、用件はこれで終わりですので、殿下はこの私が回収しておきましょう。こう見えて私、魔王軍の中では逃げることに特化しておりましてね。ではでは」

するとどうしたことだろうか、気配察知で道化師の動きを察知したアルスが駆け付ける前に、二人の姿と気配が消えてなくなるのであった。

転移したわけではない。

転移魔法であれば強い魔力の残滓《ざんし》が残るはずだし、何より父カキューでもないのに詠唱もなく大魔法が使えるはずがないからだ。

だとすれば道化師が行ったのは遮音の魔法と、遮光の魔法の併用。

だがそのタネが分かっていても、本人が逃げることに特化していると自負しているだけあって、あまりにも高度に研ぎ澄まされた魔族の技術は今のアルスでは見破れない。

完全に取り逃がしてしまうことになるのであった。

「くそっ!　ハーデスが攫《さら》われた!　今すぐに……」

「待てアルス!　待つんだ!」

「でもガイウス!」

自分の大切な人が攫われたことがよほどショックだったのか、気が動転したアルスが今すぐに行動を起こそうとするも、ガイウスが後ろから肩を摑《つか》み止める。

彼には何か考えがあるようで、焦りを覚え冷静さを失っているアルスと比べ、どこか落ち着いた様子で語り始めた。

「いいから俺の話を聞け。まずあいつは自らのことを魔族と名乗り、魔王の直属の配下であるように振る舞っていた。少なくとも魔族であるならば、主君である魔王の子であるハーデスを無下に扱うことはないはずだろ？」

「…………」

ガイウスの理屈には納得できる部分があったのだろう。

少し落ち着きを取り戻したアルスは暴れるのをやめ、一度深呼吸をして我に返る。

「……確かに、その通りだ」

「だろう？　じゃあ、とりあえず今は手がかりのないハーデスのことは置いておけ。なに、あいつだって万が一の時は状況を脱するくらいの切り札はあるだろ。で、あるならばだ。とりあえずこの異空間と化した迷宮の問題を解決するのが先決だろう」

そもそも、ハーデスには転移魔法がある。

たとえ魔界へと連れ去られたとしても、自力で家出をするお転婆姫を拘束することなどできないのだ。

究極の方向音痴であるが故、転移先で迷子になるであろうことはさておき、思い直してみればそこまで心配するようなことでもない。

「すまないみんな、少し気が動転していたみたいだ……」

「へっ、いいってことよ。お前が道を間違えそうになった時に止めるのが、この俺の役目だからな。任せておけ」

ドンと胸を叩くガイウスの拳は逞《たくま》しく、どこまでも頼りになる最高の仲間なのであった。

だが、そんな時にふとあることに気付く。

「あれ？　そういえばあのおチビちゃんはどこへ行ったんだい？」

「え？　あ、そういえば……」

「おいおい。こんな時に迷子か!?　ま、まあ……。あの道化師に連れ去られたわけじゃねぇみたいだし、たぶん大丈夫だろ……」

なぜか、そう、いつの間にか。

もっとも一人にしてはいけない、ヤバそうな幼女が一名、この迷宮のどこかではぐれてしまっていたらしい。

どこからか、「やっちまったのよーーーーーー!!?」という声が聞こえてくるような、こないような、そんな気がしつつも、勇者一行はこのまま迷宮の最深部へ目指すのであった。

◇

摑みどころのない道化師のような態度の魔族との邂逅《かいこう》後。

まずはこの異空間の攻略が先だということで最奥を目指す一行は、道中に度々現れる砂人形を無視しながらも進み続け、ようやく目的地であろう巨大な石扉が構えている異様な雰囲気の間の前までやってきた。

そこには古代遺跡時代のものであろう幾何学的な文字が刻まれつつも、この先に何かがあると予感させるだけの膨大な魔力量が、石扉越しに異様な熱気となって伝わって来る。

明らかに普通ではない、上級魔族相手ですらここまでの威圧感は持たないであろう圧倒的な力の波動であった。

「この異空間の核となる部分はここだね。間違いないよ」

「ああ。この、魔力だけで分かる恐ろしいまでの暴威。まだお前が小さかった頃に見た、四天王を名乗るゴキブリ野郎を直視した時くらいの絶望感だぜ」

ガイウスの言葉にはアルスにも心当たりがあった。

本人にとってはまだまだ幼い、五歳の子供だったあの日。

下級魔族に呪いをかけられ視力を失ったガイウスがリベンジを果たすという、父カキューが用意したイベントの最中。

突然現れて攻撃をしかけてきた、自らを四天王と名乗るゴキブリ姿の魔族を彷彿とさせる威圧感であったからだ。

故にこの中にいるのは、恐らく魔王軍における四天王のいずれか一柱であろうことだけは確実だろう。

その時のアルスには、それがどれくらいの力を持った存在なのかというのが良く分からなくて、師匠であるガイウスよりは強いかなくらいの感覚でしかなかった。

だが多くの経験を積み成長を重ねた今、改めて思う。

あの時に自らの父が居てくれて、本当に助かったと。

「そう考えると、父さんって本当に意味が分からない強さをしているね。四天王の千匹や二千匹じゃ、たぶん勝負にならないよ」

「がははははは！　間違いねぇな！」

少し冗談を交えて心を明るく保ち、恐怖で震える足を誤魔化す。

確かに五歳の頃には最強の父がゴキブリ魔族を無傷で追い返した。

しかしそれは、今ここで自分が四天王と互角に渡り合える保証にはならないのだ。

「死ぬかもしれない。でも、ここで立ち止まることはできそうにない。……なら、やるしかないよね」

その言葉にガイウスとアマンダは無言で頷《うなず》くと、異様な魔力が漏れ出す巨大な石扉を三人でこじ開け、内部へと侵入していくのであった。

◇

「おや。どうやら勇者がヘカトンケイル殿の控える空間に辿り着いたようですねぇ」

異空間と化した古代遺跡内部にある、とある一室の小部屋にて。

特殊な金属で拘束したハーデスを連れ込み、机に備え付けられた水晶を通して四天王と勇者の邂逅を眺める道化師が居た。

とはいえ、拘束といってもそれは最低限のものであり、ここから転移で逃げ出そうと思えばいくらでも逃げ出せる程度のものでしかない。

一応は最低限の体裁ということで、魔法の発動を妨害する特殊な金属を使用しているようだが、仮にも魔界の王太子としての力を持つハーデスに通用するようなものではないだろう。

恐らく彼女が本気で魔力を流せば、三秒で砕け散る。

「おい、ピエロ。お前、俺様をこんなところに連れ込んでなんのつもりだ。……というか思い出したぜ。てめぇ、あの魔王《クソオヤジ》が最も信頼してそばに置いてる最上級魔族の側近だろ。確か単独では四天王よりも強いとかっていう噂《うわさ》だな」

人間に偽装しているので思い出すのに時間がかかったようではあるが、魔界で過ごしていた頃は何度か目にしてきた魔王の側近を相手に、王太子である自分に対する態度の説明を求めるハーデス。

そもそも、この道化師の力であれば自分を殺すことなど容易《たやす》い。

今のハーデスは一般的な上級魔族にも引けを取らない強さを持ち得ているが、さすがに単騎で四天王を超える力を持った存在を相手に生き残れるほどではない。

ではなぜ、今自分がこうして五体満足で、というより無傷でいられるのかと言われれば、それはこの道化師が言っていたように傷つけるつもりがないからという他ないだろう。

「んん〜。それはですねぇ、話せば長くなるのですがぁ……」

「もったいぶらずに話せ。俺様の気が短いことは知ってるだろ」

「おうふ。確かに殿下はそういうお方でありました。ふっむ……。では、仕方ありませぬな」

ハーデスの啖呵《たんか》にもまるで動じず、おどけた様子で「あちゃ〜」と額に手を当てた道化師は、途端に真面目な声色を作ると語り始める。

なぜ彼女の父である魔王が魔族を動かし、この人間界へと手を出し始めたのかを。

背を向けて話されているが故に表情までは読み取れないが、その様子には今までのような軽い調子は一切なく、ここから先は一切の嘘《うそ》偽りはなしだと言わんばかりの態度であった。

「我が崇高なる主《あるじ》にして唯一無二の魔界の王。つまりは殿下の御父上のことですが……。陛下はね、あなた様の未来を誰よりも案じておられるのですよ」

「…………」

道化師特有の身振り手振りはなく、ただ淡々と、感情を乗せずに事実だけを語るような口調。

その真意がどういったものなのかというのは、多少は魔界で顔を合わせてきたハーデスにも分かる。

恐らくこの道化師は、こと魔王《クソオヤジ》に関することだけには嘘を吐《つ》くことがない、誰よりも深い忠誠心を持った忠臣であるのだと。

「分かりますか、陛下の気持ちが。次代の魔王として期待された殿下が勇者に絆《ほだ》され、人類にここまで肩入れするあなた様を見た、かの御方のお心が理解できますか？」

「チッ、そういうことかよ。それで、魔王《クソオヤジ》は邪魔になったアルスを始末しようと――――」

「――――違いますよ。その逆です」

被《かぶ》せるようにして放った言葉にはどこか優しさが込められていて、自らの父が人間と敵対しようとする理由に見当がついたかのように見えたハーデスの意表を突いた。

そして道化師は続けて語る。

「簡単に言えば、陛下は殿下の未来のために魔界を道連れにするおつもりなのでございます。といってもまあ、全ての魔族を対象にしたものではなく、人間のことを食料にする魔族や、奴隷として使役しようとしている過激派を相手に、ですがね」

「なっ……!! 道連れだと!? どういうことだピエロ!! てめぇ、いったい何を言ってやがる!!」

道連れという言葉に嫌な予感を抱いたハーデスは焦り、自らを封じていた特殊金属を一撃で破壊して詰め寄る。

だが胸倉を掴まれ、もの凄《すご》い形相で睨《にら》まれているはずの道化師は全く動じず、それどころかむしろ「やはり、このように我が主君のために怒ることのできる者が殿下であって、本当によかった」と言って微笑《ほほえ》む。

「ふっ。まあ、お話はここまでです。ここから先は私の出る幕ではありません。陛下がなぜ殿下のためにここまでするのかという想《おも》いは、殿下自身が考え、受け止めるものですからね。……さて、どうやら勇者たちの戦いが始まったようですよ」

「……チッ」

これ以上何を言っても無駄だと悟ったのだろう。

魔王への絶対的な忠誠心を持つこの道化師は、たとえここで殺されようとも口を割ることはない。

それを理解したハーデスは彼の胸倉から手を離すと、水晶に映る愛《いと》しのアルスが戦う姿を眺めながらも、少しだけ眉間にしわを寄せて不機嫌になる。

「……全く。昔から頑固で、話を聞かない魔王《クソオヤジ》だったがよ。まさかここまで、俺様に何の相談もなしに独断で話を進めるとはな。ムカつくぜ」

「ほっほっほ。まあ、それがあの御方の良いところでもありますゆえ」

地面にどかりと座り込み愚痴をこぼす姿を見て、いつの間にかおどけた調子を取り戻していた道化師はケラケラと笑う。

何が楽しいのか、その場でくるくると回り出し大道芸まで見せる始末だ。

本当にこの人物、思考回路が謎である。

しかしそんな飄々《ひょうひょう》とした道化師にも一点、どうにも腑《ふ》に落ちないことがあった。

「それはそうと、あの勇者……。まだ成体ですらないようですが、意味が分からないくらい強いですね……。一千年前の勇者を引き合いに出しても負けてはいない。いや、それどころか魔法や体術、基本的な身体能力という面ではむしろ……」

なにやらぶつぶつと独り言を呟《つぶや》き始め、「やはりおかしい」だの、「勇者だとしても、成長速度が異常すぎる」だのと分析を始める。

どうやら過去の勇者のことをある程度知っているらしく、当時見た印象と今代の勇者を見比べているようだった。

「へっ。なぁにぶつぶつ言ってやがるピエロ。あの邪悪なおっさんに鍛えられた俺様のアルスが、過去のモブ勇者なんかと比べ物になるわけないだろ。常識で考えろ」

などと、いったいどこらへんが常識なのかはさておき。

ハーデスは四天王を相手に一歩も引かず、仲間たちを指揮して戦い続ける彼氏に絶対の信頼を寄せる。

「あの邪悪なおっさん、というのが何かは分かりかねますが……。いや、しかしこれは……。ですがこれなら、私がテコ入れするまでもないか……」

勇者の強さを映像で見て、意味深な言葉を呟いた道化師は食い入るように水晶玉を見つめると、深く頷くのであった。

◇

押し寄せる砂人形を掻《か》い潜《くぐ》る作戦を思いつき、アルスらが探索を進めて道化師と邂逅している頃。

ちょっと調子にのって天使の翼を出現させ、一人で空中を突っ走ったメルメルは迷子になっていた。

いや、迷子になっていたというより、道中で砂人形を量産する魔法陣のようなものを見つけてしまい、そちらに気を取られてしまったのだ。

なにやら複雑な幾何学模様の描かれた魔法陣はただ淡々と砂人形を複製していき、刻一刻と魔物を増やしている。

ただ複製された砂人形はすぐに魔法陣の描かれている部屋から出て行ってしまうため、上空で天使の翼をぱたぱたさせている存在に気付くことはなかった。

「これ、なんなのかちら？　不思議ね～」

ちびっこの特性故か、なにか興味の引かれる物体を発見するといてもたってもいられなくなり、現在抱えている本題が頭から抜けてしまいまじまじと観察してしまうのだ。

これは幼女の本能とも言える習性なので、致し方がないといったところだろう。

決して本人に悪気があるわけではない。

だが、このちびっこ天使のヤバいところはここからだった。

「えっと～。魔法陣の上に置かれている魔物が増えるわけだから～……。もしかして、お肉を置いたら、お肉がいっぱい増えるのかちら？」

ついに、一番気付いてはならないことに気付いてしまう。

確かに理論的にはそうだ。

間違いなく正しい。

複製されているのがどういう原理で、果たして魔法によって増やされた肉で本当に腹が満たされるのかどうかはさておき、現状考えられる条件下では肉は確かに複製される。

原理が分からない以上、想定していない魔法陣の使用用途に対しどのようなリスクがあるのか、そして何か問題が起きた時に止める手段はあるのかという、そういったことは一切度外視で物事を考えてしまう。

これぞメルメルクオリティ。

ちびっこ特有の、たぶんうまくいくだろう精神であった……！

そうと決まればさっそくという具合に、城下町で買ってきた最高級なお肉を取り出し、魔法陣の上に鎮座している砂人形を「ふぁいあー！」で吹き飛ばして肉と入れ替えようとしてしまう。

「むふふ。楽しみなのよ。もしこれからずっとお肉が増えるなら、あたちはこの功績で世界を救っちゃうかもしれないわ。そしたら、え～っと……。たぶん、プレアニスもびっくりするのよね～」

最高級肉が増える未来を想像し涎《よだれ》を垂らしながらも、今から起こるだろう栄光の未来を期待して胸を高鳴らせる。

しかしここで、ちょっと直感が働いたメルメルは思う。

果たして複製されたお肉の味は美味《おい》しいままなのだろうか。

こんなに楽をしてうまくいくことが、本当にあるのだろうかと、そう思ってしまう。

本来だったらここで自分の行動を考え直し、なにかリスクがないか探ったり、成功への期待値を計算したりするのが大人だ。

そう。

それも全ては本来の大人という条件に当てはまる者であればの話である……。

答えは、もちろん当てはまらない。

それどころか、うまくいかないのであれば、もしかしてパワーが足りないのかもしれないという謎理論を展開したことで、あることを思いついてしまう。

「そうね～。もしかしたらエネルギー不足で失敗しちゃうかもしれないし、ここは贅沢《ぜいたく》に、龍脈の力を使ってパワーを底上げするのよ。功績の匂いもしてきたし、きっとこれでうまくいくと思うのよね～」

などと、とんでもないことを言い出し魔法陣に龍脈のエネルギーを繋《つな》げ始める。

そうして完成した究極の複製魔法陣、その名もメルメルスーパードリームが爆誕してしまうのであった!!

「これで準備完了なの。あとは最高級なお肉をこの上に乗せて～。……あっ」

あっ。

ではない。

当然と言うべきなのか、なんなのか。

魔法陣の中心に重く大きなお肉をそっと置くためには、自分がその場所まで持っていく必要がある。

そう、既に起動している魔法陣の上を、自らが歩いて持っていく必要があったのだ。

そのことに気付いた頃にはもう時既に遅し。

輝く魔法陣へと完全に足を踏み入れてしまったことで背中にたらりと冷や汗を流すも、条件を満たした複製機能はその役割を果たすため、メ、メ、メルメルごと、その存在を複製し始めたのである。

「にょわぁーーーーーーーーー!!!」

やらかしたことに気付いたメルメルは絶叫し、龍脈を通じた莫大《ばくだい》なエネルギーの奔流が空間内を駆け巡る!

想定外過ぎるものを複製するという、あまりにもありえない状況を龍脈のパワーでごり押しする魔法陣はガタガタと振動し、その機能を暴走させた!!

「やばいのよ！　やっちまったのよーーーーーーーー！！？」

「なにがなの？」

「なにがなにが？」

「あれ～？　あたちが沢山いるのよ」

そうしてそこに現れたのはなんと、この世界を混沌《こんとん》に陥れるかのような――――。

――――メ・ル・メ・ル・の・大・群！！！！！

であった!!

コピーされた分身の数はなんと、千二十四匹!!

もはや収集のつかない、ある意味本当のスーパードリーム!!

無敵のメルメル軍が、この古代遺跡にて大洪水を起こすのであった!!

しかも問題を解決できそうな唯一の手掛かりである魔法陣は、オーバーヒートにより故障してしまったようで、もううんともすんとも言わない。

「もしかして、あたちが増えたのかちら？」

「そうよそうよ。きっとそうなのよ」

「へ～。なのよね～」

コピーされたメルメルは少しだけ知能が下がっているらしく、本体があわあわと怯《おび》えている手前、呑気《のんき》に世間話を始める。

そうして、わいわいがやがやとちびっこ談義を繰り広げていく中、他のコピー体に比べて、若干リーダーシップが強い個体であるメルメルＡが突拍子もないことを言い出した。

「思いついたのよ！」

「なになに〜」

「教えて欲しいの〜」

「あたちがこれだけ居るのなら、今から勇者の戦いをサポートすれば功績もあたちの数だけがっぽり、のはずなのよね〜」

メルメルＡの言葉に、「それもそうね〜」と全てのコピーが賛同し、喝采を上げて「功績はこっちから匂う」だの、「いますぐ突撃すべきなのよ」だのという議論を交わし、ついに満場一致で出撃準備が整ってしまう。

また、その意味不明な理屈に焦りを覚えた本体が冷静さを取り戻し……。

「みんな待つのよ！　こんな大勢で押しかけて、ふぁいあー！　したら、何が起こるか分からないのよ？　冷静になるの！」

とコピーたちを止めようとするが、既に乗り気になってしまっているメルメル軍に留《とど》まろうとする者はおらず、この壊れた元魔法陣部屋を一斉に飛び出していってしまうのであった。

それも全てのメルメルが天使の翼を出現させ、超高速で移動しながらも見かけた砂人形を全て「ふぁいあー！」で吹き飛ばしながら、である。

ある意味これはこれで遺跡内部の魔物の一掃に役立っており、この大洪水が過ぎ去った場所では一匹の砂人形も残らず消し炭になってしまった。

「行っちゃったのよ……」

そうして、一人だけぽつんと残された本体は呆然《ぼうぜん》とし、もはや何が何だか、意味が分からない事態になってしまった現状に対して深く考えるのをやめる。

果たして、この恐ろしいちびっこ天使千二十四匹の大群を四天王が止められるのか、どうなのか。

少し離れた場所で観察していたとある下級悪魔は頭を抱え、「あのチビスケ、やりやがった……」と呟くのであった。

◇

古代遺跡最奥の間にて。

激しくぶつかり合う金属音が辺りに響き渡り、三対一という構図でもなお苦戦する勇者一行と、巨人の四天王ヘカトンケイルの攻防が繰り広げられていた。

既にアルスは奥儀であるスーパーデビルバットアサルトに、縦横無尽な空中機動を可能とする光の翼、そして黄金の剣を武器に全ての力を振り絞って抗《あらが》っている状況だ。

ガイウスも必死に敵の攻撃を受け流し、アマンダやアルスに攻撃の隙を作らせるべく奮闘し、斥候職であるアマンダも何か打つ手はないかと短剣を投擲《とうてき》して気を逸《そ》らそうとしている。

だが……。

「がはぁっ……！」

「ぬぅううん！　その程度か黄金の使い手……、いや、勇者たちよ！　この程度で我ら魔族に抗える人類最強の希望などと、片腹痛いわ！」

残念なことに、今回は彼らのチームワークも、個々の特技も、必殺技も奥の手も、その全てが通じない隔絶した実力差が壁として存在しているのであった。

いや、正確に言えば勇者であるアルスの攻撃だけは確実にダメージを蓄積させている。

一度黄金の剣が通れば巨人は血を流すし、内包する圧倒的な魔力を利用して肉体を再生させようにも、魔力が無限ではない以上はどこかで倒すことができるだろう。

しかしそれは敵にも自分たちにも、お互いに言えることだ。

当然これは戦いなのだから、巨人が持つ四本の腕から繰り出される超パワーの連撃に、仲間を守る盾としての役割を引き受けるガイウスは疲弊する。

できるだけ回避とガードに専念した体勢であっても、こちらが黄金の剣でダメージを与える間に、あちらの攻撃で完全に満身創痍《まんしんそうい》となるのだ。

その度にアルスの回復魔法で癒されるが、残存魔力による消耗戦という競い合いであれば、確実に四天王である巨人へカトンケイルに軍配が上がるだろう。

アマンダの攻撃は顔を狙おうとも、どこを狙おうとも皮膚にすら刺さらずダメージにならない。

攻撃力・耐久力・持久力、という面において。

要するに、正面からの近接戦闘では確実に地力で負けているのだ。

「くっ！　ガイウス!?　最上級全体回復魔法！　ギガ・ホーリー・レイン！」

「助かったぜアルス！　こいつ、攻撃力だけじゃなく、戦士としての経験まで俺の上を行ってやがる！」

回復魔法を受けすぐに戦線に復帰するも、このままではジリ貧であることは明白。

頼りになる勇者の師匠、ガイウスの戦闘経験という面でもさらに上をいく四天王を前にどうすることもできずにいるのだった。

アルスの魔力が切れるのが先か、巨人の魔力が先か、という話の上であれば戦いを続ければ全滅は確実。

既に出入口である石扉は、ここで勇者を殺すつもりで待ち構えていた巨人の力によって塞がっているし、逃亡もできない。

どこからどう見ても、この場にいるほとんどの者にはもはや八方ふさがりかと思われた。

たった一人、瞳に強い意志の力を宿す、勇者アルスを除いて。

「作戦変更だ。ここから先は僕が一人でやるよ」

「な、なにを言ってやがる!?　俺だってまだ、お前の弾避けくらいであれば機能するはずだ!!」

「そうだよ坊ちゃん！　一人でなんて無茶だ！　考え直すんだね！」

なんと突然、アルスは仲間を差し置いて自分一人で四天王を片付けると言い出したのだ。

しかし、突拍子もないこの作戦に賛同するほど、大人組二人の目も曇ってはいない。

無茶をしようとしているパーティーリーダーの提案に反対意見を言おうとするが……。

「許容できない。今回の敵は物理特化の二人とは相性が悪いみたいだ。だから、ガイウスはアマンダさんを守っていてくれ」

「………………」

「……頼むよ」

弾避けなどで仲間は犠牲にできないという意味と、そもそもガイウスやアマンダがこの物理型の四天王を相手に奮闘したところで、なんの成果もあげることができないという意味の両方を理解し、納得するしかなかった。

ガイウスとて分かっているのだ。

戦士としての経験値ならばともかくとして、全力戦闘という面では、もはや自らの力はこの最高の弟子の足元にも及ばず、足手まといになっているという事実に。

自らが傷を負えば、仲間を見捨てることのできないアルスが回復せざるを得ず、無駄に魔力を消費しているだけ。

であるならば、そもそもダメージを与えることのできない二人は後方へと下がり、光の翼の機動力を駆使して攻撃を回避できるアルスが一人で戦った方が、よほど勝ち目のある戦いなのだということに、もうとっくに気付いていた。

どうしても、もう少し弟子の成長をそばで見守っていてやりたかった。

どうしても、自分という人間が、戦士が培ってきた漢《おとこ》の背中を見せていてやりたかった。

どうしても……。

どうしても……。

そうは思うものの、反論できるだけの言葉は生まれない。

四天王に打ち勝ち生き残るため、一人で戦うというアルスの最善解に対して、現実を受け入れることのできる大人であるガイウスには、頷くという選択肢しかなかったのだ。

だからこそ彼は、湧き上がる無念と悔しさを自らの心の内で押し殺し、この最高の弟子が何も気にすることなく勝利を摑み取れるように返事をする。

「……ああ、分かった！　アマンダのことは任せろ。お前はさっさと、その光の剣であのデカブツを一刀両断しちまえ！」

「ああ、任せてくれ！」

激しい攻防を繰り広げながらも一旦距離を取ったガイウスはアマンダを連れて壁際へと寄り、代わりにアルスが単騎で先陣を切る。

「くっはっはっは！　何をするかと思えば、勇者が単騎でこの我に挑むと!?　これはいい、ただ耐えるだけの面倒なムシケラが減ってせいせいしたぞ！」

「…………」

一対一という構図に何かを感じ取った四天王が煽《あお》るが、その一切を無視したアルスは空中を高速移動しつつ無言で黄金の力を溜《た》め続ける。

ブレイブエンジンは、願いの力。

先ほどと言っていることが逆のように聞こえるが、魔力とは違い精神力をトリガーとして引き起こすアルスの黄金には、本人の意志次第ではあるがエネルギー切れがない。

もちろん回復魔法や戦闘力を補助する強化魔法を発動する場合には、魔力残量という壁に阻まれる。

一方で、黄金の剣が内包するエネルギーを蓄積し、攻撃力を底上げするだけであれば、勇者アルスが諦めない限り戦闘中はその力を際限なく高めていく。

残っている魔力は光の翼を維持するための機動力や、究極戦士覚醒奥儀といった戦闘能力に変換し、ただヒットアンドアウェイを繰り返しているだけで、徐々に形勢は有利に傾いていくのだ。

これこそが勇者が持つ力の、その一端。

だからこそ、相性の問題でダメージを与えられない仲間を後方へと追いやり、自らが一騎打ちすることを望んでいたのである。

とはいえ、壁役を引き受けていてくれた者が居ない以上、当然一撃でも食らえば一気に窮地へと追いやられる。

これはリスクを承知で黄金の力を溜めることを優先するか、仲間と戦う代わりに回復に専念し、少しずつだけどダメージを蓄積するのかという作戦の差。

それが今回は、黄金の剣という有効打に賭けて一人で戦うことを選んだというだけなのである。

もし仮にだが、ここにハーデスというパーティーメンバーが加わっているのであれば、この発想は真逆へと変化していたことだろう。

なにせ無理に単騎駆けしなくとも、魔法というダメージソースがしっかり存在しているのだ。

であれば、ガイウスは守り、アルスが癒し、アマンダがかく乱し、ハーデスがトドメを刺すだけでよかった。

まあ、それもこれも、全てはたらればの話ではある。

「ハァァア!!」

「ぬぉぉぉおおお！　ちょ、ちょこまかと厄介な！　貴様さては、この我を相手に先ほどまで手加減していたというのか!?」

攻撃に専念できるようになり、急にダメージ量が増したアルスの猛攻に耐え切れず、思わずといった様子で唸《うな》り、疑問を呈す巨人。

ここまでは全て作戦通りであり、順調にいけばダメージレース的にアルスが勝つ。

そう、思えた。

「よし！　いいぞアルス！」

「効いているよ坊ちゃん！　このまま押し切りな！」

「……ふぅむ、なるほど？　なるほど」

ここで、先ほどまでとは逆に防戦一方へと追い込まれていた巨人は、あることに気付く。

遠目に見えるあの人間《ムシケラ》たちを余所《よそ》に単騎駆けしてきた時には、もしや勇者は血迷ったのかとも思っていた。

だが蓋を開けてみれば勇者には行動の自由が生まれ、むしろ自らを追い詰めている。

ならば、実はこの状況において、勇者の「本当の弱点」とは仲間そのものなのではないか……。

と、そういう結論に辿り着いたのであった。

「なるほど……。で、あるならば……」

急に殺気の方向性を変えた巨人は黄金の剣のダメージを無視し、力を溜めて四本の手に持つそれぞれの大剣、戦斧《せんぷ》、巨槍《きょそう》、戦鎚《せんつい》の狙いを後方へと定めた。

肉体の表面には明らかに今までとは違う、マグマのような熱を持ったオーラが充満していき、この一撃で全てに決着をつけようとしていることが読み取れる。

「これならば、勇者もちょこまかと避けるわけにはいくまい……？」

「……っ‼……しまった‼」

後方へと向けられた殺気から意図を読み取ったアルスは動揺し、冷や汗を流す。

初めから一人で戦っていれば別であったが、仲間が居る状況下ではこの単騎駆けには唯一の弱点がある。

それは、捨て身の特攻で仲間の命を狙われるという、アルスが決して見逃すことのできない攻略法だ。

それを的確に見抜かれたことで悠長に戦っているだけの余裕がなくなったのだろう。

今まで溜めていた全ての黄金《オーラ》を解放させ、巨人が狙っている全力の攻撃を防ぐため、同じく全力のブレイブ・ブレードを見舞った。

「させるかぁぁあああああ！」

「ぬぅぅうううううん！　なんの、これしき…………！！」

かつて上級魔族を一撃で屠《ほふ》った時のブレイブ・ソードすら超え得るであろう、溜めに溜めた光の一撃。

そんな、本来の魔族であれば即座に消滅するであろう攻撃にすら耐えた巨人が、とうとう技を撃ち放とうと、狙い通りに隙を晒《さら》したアルスの首へと方向を変えようとした、その瞬間。

どこからか、「ＦＨＯＯＯＯＯ！」というテンションの壊れた無数の雄叫《おたけ》びが聞こえてきて、ギリギリのラインでダメージを耐え凌《しの》いでいた四天王へと、無数の追撃を浴びせたのであった！！

「ぐ、ぐぬぉおおおおおおおおお!?　なんだ、何が起こっている!?　熱い、あまりにも熱い……！！！」

その火炎放射の本数、なんと千二十四本。

封鎖されていた石扉を粉砕し、ついでに四天王すらも粉砕しようとする、一四一本で放たれるメルメル軍渾身《こんしん》の「ふぁいあー！」一斉射撃である!!

「ふぁいあー！」

「燃えるのよ！」

「火を見ていると落ち着くのよね～」

「あなたは薪《まき》になるの」

「もしくは、灰かちら？」

あまりにも無慈悲！

既にちびっこ天使の視点では、魔力抵抗と体力が高いが故に燃やしがいのある、「高級な薪」にしか見えていない!!

もはや薪がいつ灰になるのか、わくわくして見ているちびっこたちの視線が怖い！

時々コピーメルメルたちが、「これが悪の末路なのね～」とか、「あたちはこうはなりたくないわ」とか、無責任なことを言っているのも質《たち》が悪い！

「馬鹿な!?　そんな馬鹿なぁぁ!!　こんな馬鹿なことがあってたまるかぁあああ！！！」

「う、うわぁ……。えげつないね」

「恐ろしい光景を見たぜ」

「というか、なんでおチビちゃんの大群が……？　姉妹なのかねぇ？」

最後の足掻《あが》きを見せようと抵抗するものの、あまりの「ふぁいあー！」の数に身動きが取れず、一方的に蹂躙《じゅうりん》される四天王は徐々に肉体を炭化させていく。

機動力において優秀なアルスはメルメルの恐ろしい「ＦＨＯＯＯＯＯ！」を聞いた瞬間に逃げへと入り、既に仲間たちと見学モードに入っているくらいだ。

またの名を、現実逃避とも言う。

「だけど、このまま悠長に見ている理由もないからね。きっちりトドメは刺させてもらうよ。ブレイブ・ブレード！」

「ば、ばか、な………」

今は火炎放射で動きを止めていられるが、悠長に構えていてはいつ四天王が底力や隠された奥の手で逆転してくるか分からない。

故にここが最大の好機と見たアルスは、見学していた時間でオーラを集中させていた渾身のブレイブ・ブレードによって、敵の脳天から股下までを縦に真っ二つにする。

そうして、意味不明な光景を目撃しながらも、真っ二つになった四天王を燃料とした、盛大なキャンプファイヤーがぶち上げられてから数分後。

そこには灰になった何者かと、祭りが終わったことで少し残念そうにしているちびっこ天使たち千二十四匹の姿があった。

またちょうどこのタイミングで、龍脈を利用したコピーメルメルたちの魔力が切れてきたのか、なんなのか。

どこからか「まあ、今回はよくやったんじゃないか、チビスケ」という男の声が聞こえたと思ったら、仕事をやりきってハイタッチしている収拾のつかないメルメル軍が、ぽんぽんぽん、という気の抜けるような音と共に消え去っていくのであった。

◇

四天王を撃破してからしばらくして。

いや、この世を混沌に陥れんばかりのメルメル軍が消え去ってから、しばらくしてだろうか。

道化師に捕まっていたはずのハーデスが、どこからともなくこっそり現れる。

おそらく四天王が敗北したことで道化師がなんらかの目的を達成し、魔界の王太子である彼女への用件とやらが終わったのだと推測できたが、真相は本人の口から聞く以外に方法はないだろう。

だが今はそれよりも、一応ガイウスに諭されていたとはいえ、想いを寄せる人が攫われて内心気が気ではなかったアルスはとっさに行動した。

「ハーデス！」

「ア、アルス！　きゅ、急に抱き着くんじゃゃね、ねぇよ……。うぅ……、なんか、か、顔が熱いじぇ……」

肝心な時に力になれなかったことで負い目を感じていたのだろう。

仲間たちに顔を見せた時にはバツの悪そうな表情でそっぽを向いていたのだが、そんなことはお構いなしに抱きしめる恋人の勢いに押され、一瞬で後ろめたさは吹き飛んでしまったようだ。

それどころかいつまで経《た》っても離れないアルスに対し、だんだんと胸がドキドキしてきてしまい顔を赤面させていく。

もはや耳まで真っ赤にした表情は恋する乙女そのもので、瞳を潤ませながらもこのまま彼氏を抱きしめ返してしまおうか、どうしようかと、そう迷っているようにも見える。

ちなみにそんな二人の頭上では、いつの間にかこの場に追いついていた本体のメルメルが翼をぱたぱたさせて、「これも青春なのよね～」と言ってむふふとしているのであった。

◇

「……な、なんだと！　それは真《まこと》か！」

「はい。本人が自称していただけなので証拠というものはありませんが、力は間違いなく上級魔族を超え、比較にすらなりませんでした」

場所はガラード王国の中心とも言える宮殿の、謁見の間にて。

今回の騒動の顚末《てんまつ》を報告する勇者一行に対し、まさか魔王軍の四天王などという大物――標準的な国家からすれば、単騎で国を滅ぼせる力を持った怪物――が関与していたなどという事実を聞き、到底信じられない思いを抱いているガラード王の姿があった。

それもそのはずで、国家そのものを壊滅させることのできる力もそうだが、そんな怪物の侵入を一切悟らせることなく許してしまう、人間とはかけ離れた魔族全体の力こそに怯えているのだ。

四天王を倒せる力を持った彼らがいてくれたからいいものの、もしこれが何らかの要因で到着が遅れていたり、もしくは彼らがこの王国を去った後を狙い攻めてくるようなことがあったりすれば、ひとたまりもないだろう。

特に優秀ではないが、決して愚鈍でもないガラード王はその事実に気付いているからこそ、今回の一件には色々と思うところがあった。

「これが、人類最強の希望と言われる勇者の力か……。これといった被害も出さずに四天王を倒せる時点で、一国の王でしかない私には想像もできぬ強さの領域だが……。うむ。確かにそなたは伝説に相応《ふさわ》しい存在だろう」

不安は尽きないが、だからといって世界を救う使命を帯びた者を引き留めるわけにもいかない。

故にこの国を魔族の脅威から救った褒美として、以後、迷宮王国ガラードは各国で取り交わされた条約などとは関係なしに、これから先なにがあろうとも全面的に味方になると付け加えた。

今回の働きぶりはそれだけの価値がある出来事であり、王個人の感想としても、もし彼らの力になるのであれば、自らの命すら天秤《てんびん》にかけることも厭《いと》わないという決意が垣間見《かいまみ》えるものだ。

ガラード王にとって、国を守り栄えさせることこそが自らの存在意義。

ここで勇者一行と国が友誼《ゆうぎ》を結ぶということは、最強の守りを得ることと同義。

であれば、魔族の脅威に晒されたこの時代において、局面によっては自らの命を差し出してでも得るべき繋がりであると想定しているのだろう。

自身が王として飛び抜けて優秀ではないと知るからこそ、今、打たなければならない手をよく吟味し謙虚でいられる、まさに無知の知を知る賢王であった。

「見事だ、勇者アルスよ。しかし一つ、この騒動を解決したばかりであるそなたらには申し訳ないが、伝えておかなければならぬことがある」

それは……。

と、そう言いかけたところでガラード王は謁見の間の片隅を見やると、この場に集まった貴族や騎士たちの中から、アルスたちも良く知っているとある人物が顔を出す。

「あの件はこちらから説明した方が宜《よろ》しいかな、聖女イーシャよ？」

「いいえ。それには及びません、ガラード陛下。……それと、久しぶりですねアルス様」

そこに現れたのはなんと、本来であれば人間大陸にある教国にいるはずの人物、聖女イーシャ・グレース・ド・カラミエラと、剣聖エイン・クルーガーの二人であった。

二人の登場にアルスとガイウスは良い意味で驚きつつも、アマンダに関しては「誰こいつ？」であったり、ハーデスなど露骨に「げぇっ……」というライバル心むき出しの表情で威嚇したりする。

それと多少、ドン引きしているという気持ちも混ざっているだろうか。

ちなみにメルメルは過去の旅で聖女と面識があるので、ちょっと懐かしくなって手をフリフリしながら、自らの勲章である天使長の金メダルを見せつけドヤっている。

本人としてはこの金メダルは自慢すべき宝物らしいのだが、急に金メダルを見せつけられても意味がよく分からない二人は苦笑いでごまかし、どちらかというと、あの時メイドにしようとしていた幼女がここにいることに驚愕《きょうがく》していた。

「き、君はイーシャ皇女殿下と、ユイン君……！　どうしてここに……？」

「おいおい、まさかアルスを追ってこんなところまで来るとは、さすがの俺様も驚きだぜ……」

ちょっとだけ危機感を覚えたのか、聖女に見せつけるように彼氏のそばに寄りつつも「俺様のアルスはあげないから」というラブラブアピールをした。

もちろん聖女には効果抜群である。

「くっ……！　こ、この……！」

「落ち着いてくださいお嬢様。ここは公式の場です」

「ぬっ!?　そ、そうでしたね。お、おほほほ。ふぅ、だいぶ落ち着きました」

一瞬ブチギレかけるも、お供の剣聖が発した言葉により正気を取り戻し、気を取り直して説明を開始する。

まずは対魔族において、人類を救うべく動くカラミエラ教国を代表して、四天王と思わしき強大な魔族を討伐したことへのお礼。

次に、なぜ自分たちがここにいるのかという、魔族の脅威から人類を救いつつも、勇者を見つけるための旅路であったことの説明をした。

「そして大変急なお願いではありますが……。アルス様、あなたには今代の勇者候補として一度、教国における試練を受けていただきたく思います」

一応お願いという体《てい》を成してはいるが、これはほぼ強制。

こと勇者に関してはどこの国よりも深い知識があり、何よりカラミエラ教国が宗教国家として成立している背景には、正真正銘、神の奇跡がバックにある。

むしろ、だからこそ危機管理は徹底していた。

教国だけが持ち得る聖騎士団であったり、勇者や聖女といった者たちの誕生を、神からお告げとして認識できる権能であったりと、教国が人間大陸において強大な権威を持つにはそれなりの理由がある。

万が一試練を受けていない勇者がどこかで倒れるようなことがないように、教国だけが持ち得る秘術にて成すべきものがあったということだろう。

このことは各国の王も承知の上であり、その万が一が訪れないようにするためにも、海を渡ってもらおうと思っているのだ。

しかしたとえアルスが試練において、勇者として不適切だと判断されたとしても、態度を変えることは一切ない。

彼らは今までの功績を認め、この者であれば救世主たり得ると判断したからこそ称《たた》えているのだから。

だが、それはそれ、これはこれということであり、十中八九本物だから試練だけは受けてこいということなのだ。

「いかがかな、勇者アルスよ」

「はい。是非その試練を受けに行こうと思います。現状、それがもっとも近道のような気がしますので」

問いかけるガラード王に対し力強く頷いたアルスは、次の目的地としてカラミエラ教国を目指すことにするのであった。

エピローグ

迷宮王国ガラードの王都にある、とある場末の酒場にて。

そこでは目の覚めるような赤髪をオールバックにして、どこかの幼女を彷彿《ほうふつ》とさせるサングラスをかけた一人の巨漢が、威厳のあるオーラを纏《まと》いテーブル席に居座っていた。

周りの者たちは巨漢の覇気溢《あふ》れるオーラに気圧《けお》され、少しだけ距離を取って飲み食いしているらしい。

故に、妙に存在感のある彼は一人で酒を飲み続けることになっているようであったが、そこへある時一人の男が現れた。

現れた男の風貌は黒髪黒目の優男といった感じで、とても覇気を纏う巨漢に釣り合うような人間には見えない。

しかしその者は臆することなく近づいて行き、一言……。

「なあ。隣に座るがいいかい？」

「うむ。好きにしたまえ。郷に入っては郷に従え。ここの土地を所有しているのは私ではない故、文句を言う筋合いはない」

「そうか。しかしあんた、なかなか面白いことを言うおっさんだなぁ」

と、どこかで聞いたような台詞《せりふ》を言い、赤髪の巨漢と黒髪の優男は再会するのであった。

居酒屋に入る前に息子の今後を考えた黒髪の優男は、そこで赤髪の巨漢を気にかけ、とある約束を交わすこととなる。

しかしそれが、どのような約束であったのかは、当人たち以外に知ることはないだろう……。

◇

我が息子アルスが、また新たな偉業を打ち立てたその日の夜。

このガラード王国を襲った魔王軍四天王とかいう、言っちゃ悪いが俺から見たらしょーもない理由で人々を襲うはた迷惑な敵を滅したとのことで、王様から色々と褒美を受け取っているところを撮影し終えた俺は、今日やるべき動画編集も終わりどこかの飲み屋を探していた。

それにしても今回の冒険はなかなかに凄《すご》かったな。

日々成長するアルスはついに四天王とやらを一対一で倒せる領域に足を踏み入れていたし、息子を追ってきた聖女ちゃんや剣聖エイン君らも旅の中でそれなりに力をつけていた。

何より、あのチビスケが千匹以上も複製された時は唖然《あぜん》としたね。

本人は狙ったわけじゃないのだろうが、さすがの下級悪魔もまさか自らを複製魔法陣に乗せて戦力を拡大するとは思いもよらなかった。

実際にコピーチビスケが大量発生した時にはやりやがったという思いもあったが、それをうまく利用して四天王を追い詰めている時には腹を抱えて爆笑したもんだ。

これは是非エルザにも見せてやらねばならない珍事件だろう。

それと別件だが、子供たちはあれでいいとして、大人組であるガイウスとアマンダさんのペアには今回のことで色々と思うところがあったらしい。

特にガイウスは、もう完全に自らの力を超えた弟子であるアルスに対し、このまま旅について行っても足手まといになるのではないか、という疑念を抱いているようだ。

それは半分正しくて、半分間違いだと俺は思っている。

もうそろそろ成人とはいえ、人生の大先輩である大人がしばらく面倒を見てやるという意味では、決して足手まといなどではない。

だが確かに、戦力という意味ではもう二人の力は子供たちの成長にはついていけず、現時点でも遠く及ばないだろう。

これは難しい問題だ。

だけど俺は思うのだ。

もうガイウスにも自分自身の幸せを摑《つか》み取る機会があっても良いのではないかと。

あいつは十分に自らの弟子に経験や知識を与え、師匠としての背中を見せつけてきたのだ。

であるならば、ここから先はアマンダさんというガイウスにぴったりな女性と共に、これからの人生を歩んでもいいのではないかと思っている。

まあ、といっても決めるのはガイウス自身なんだけどね。

だから俺にできるのは、もし一度でも教国へ向かう旅の中で南大陸の拠点に寄るようなことがあれば、心から二人の仲を祝福してやること。

誰よりも信頼できる、俺にはもったいないほどのクソ真面目な部下の背中を、そっと押してやることだと思っている。

とはいえ、アルスたちが拠点へと寄るかどうかは分からないし、これはおいおい、だな。

そうして、今日あった様々な出来事を思い出しながらもテキトーに酒場を探して十数分。

ふと普通ではない強烈な気配を感じて場末の酒場を覗《のぞ》いてみると、そこではどこか見覚えのあるおっさんが佇《たたず》んでいるのを見かけたのであった。

「ふぅ～」

「…………」

「うう～む」

「…………」

「やはり、いやしかしなあ……」

う、うざい……。

なんだこのおっさん、俺になんか悩みでも聞いて欲しいのか。

というかこのやり取り、数年前に教国の居酒屋で出会った時もしたことがある気がするぞ。

あの時とは違って覇気があるから一見すると立派に見えるが、どうやら悩みを相談したいとこうしてまどろっこしい態度になるらしい。

俺としてもここで出会ったのは何かの縁。

飲み友達の愚痴を聞いてやるくらいは別に構わないので、話に乗ってやろうか。

「どうしたおっさん。何か悩みでもあるのか？　俺でよかったら相談に乗るぜ。というか、また会ったな」

「おお、そなたはいつぞやの……！」

なんだなんだ、向こうは俺のことに気付いていなかったのかよ。

こちとらせっかく旧友に出会った気分で意気揚々としてたのに、つれないおっさんだなぁ。

でもまあ、気付いたようだからよしとするか。

「で、悩みっていうのは？」

「うむ、それなのだが……。実は数年前に家出したうちの娘をようやく見つけ、毎日を幸せに過ごしていることを確認できたまでは良かったのだがね……。どうやら娘は我々と敵対関係にある、とある重要人物と恋仲になってしまったようなのだ」

んん？

このおっさんの子供って息子じゃなかったか？

いつの間に息子が娘になったのだろうか。

もしかして家出二号とかだろうか……。

分からん。

分からんが、それはいい。

今重要なのはこのおっさんの子供が、敵対関係にある人物と引っ付いてしまったという点だろう。

この飲んだくれのおっさんが何に味方をしていて、何に対して敵対をしているのかは知らんが、そりゃあ難儀なことだな。

同情するぜ、おっさん。

俺の息子であるアルスも、ハーデスちゃんっていう魔界の王太子と恋仲になっちゃってさぁ、色々と苦労してるらしいんだよね。

本人たちは幸せそうだからいいけど、きっとどこかでお互いの立場を理解し、その溝を埋めるために立ち向かわなければならない出来事もあるんだと思う。

大変なようだが、これも自分たちが選んだ道だ。

アルスのやつなら最後まで信念を貫き通せると、俺は信じているよ。

そして、その後もおっさんの話は続く。

「当然、敵対関係にあるとはいえ、娘が自らの意志で選んだ人間だ。私は我が子の見る目を信用しているし、敵も敵でなかなかあっぱれな少年である。親としては特に反対するつもりもなかった。

……だが、部下たちはそうはいかんのだよ」

「なに？」

というと、おっさんを頂点としたなんらかの組織が、娘の結婚に反対し纏まりが悪くなっているということだろうか。

もしくは反対までいかなくとも、いずれそうなることを懸念しているといったところか。

今後、娘の将来に陰りが差すことを懸念して、どうにかしてその憂いを取り除けないかと悩んでいる感じだな。

そして同時に、部下の言い分も理解できるが故に、娘への愛と長としての責任の間に挟まれて苦しんでいるのだろう。

う〜む。

難しい問題だ。

だが……。

「何を弱気になっているんだ、おっさん。しっかりしろ！」

「む……」

「組織の長であるあんたが、自分自身の道を信じてやらないでどうする？」

「な、なに……」

なに、ではない。

俺なんて特に組織の経営をしたこともなければ、毎日を楽しくスローライフしているだけの下級悪魔ではあるが、これだけはハッキリと言える。

娘を大事にしつつ部下への責任も全うしようとする、この気高き男の信念が、こんなところで歪《ゆが》んでたまるかと。

「逆に問おう。こんなぽっと出の俺にすら伝わるおっさんの信念が、あんたの娘に、そしてあんたの部下になにも伝わらないとでも思っているのか？　いや違う、そんなはずはない。だってそうだろう。今までついてきた周りの者たちを見てみろよ。自分の責任と信念を貫き通す偉大なる組織の長だからこそ、妻も、娘も、部下も認めてきたんじゃないのか!?　だったら自分を信じてやらないで、どうする!?」

「なん、だと…………!?」

おっさんは俺の発破をかけるような激励に目を丸くし、驚きに満ちた表情で大口を開ける。

そうだおっさん、その意気だ。

たとえ娘の相手が敵組織の人間だったとして、それがどうしたというのだ。

この偉大な男が今まで成してきたものが、考え抜いた結論と信念が、そんな些細《ささい》な逆境に呑《の》まれ潰《つい》えるわけがない。

もっと自信を持て、おっさん！

あんたの道は、決して間違いではない！

そう確信した俺はニヤリと笑い、さらに問いかける。

「どうやら気付いたようだな？」

「お、おぉぉ……。わ、私は、なんという勘違いをしていたのだ……!!　全て、全てそなたの言う通りである！！！」

おう、そうだそうだ。

俺の言う通りだ。

若干酒のせいで変なテンションになりつつあるが、きっとそうだ。

だから俺は思う。

おっさんの信念はきっと達成され、本来は敵対関係にある人物と娘には明るい未来が待っていて、長としての責任も全うできる、そんな結末があるのだろうと。

「ふっ、分かったならいいんだよ。全く世話を焼かせやがって。それじゃあ、お互いに再び打ち解けたところで乾杯といこうじゃないか」

「うむ！　悩みが解決したあとの酒は美味《うま》いな！　それに、やはりそなたほどの男が我が国の家臣でないのが、惜しくてしかたがない！　どうだ、もう一度聞くが私に仕えてみる気はないか？」

「はははははは！　冗談はよせよおっさん。あんたただの飲んだくれじゃないか！」

「ふはははは！　確かに今の私はそうであったわ！　いいとも、ではこの酒には今後の成功を祈ろうではないか！」

――――乾杯！


それと、だ……。

「まあ、いざとなったら俺に声をかけろおっさん。どうしようもなくなった時に一度だけ、どんな場面からでも助けてやる」

「くくくっ……。それは頼もしい。そなたほどの男にそう言ってもらえることは、望外の僥倖《ぎようこう》よな」

まかせろ。

俺はこれでも、契約《やくそく》を守る下級悪魔だ。

気に入った相手に嘘《うそ》をつくことは、絶対にありえない。

期待してな。

◇

「もっともっと、かっとばすのよ！　あなたならできるのよ？　あたちには分かるの」

「クルォオオオーーー！」

「ＦＨＯＯＯＯＯ！」

謁見の間での一件の後、一日だけ日付を跨《また》いでガラード王国を発《た》った勇者たちは、数日前に仲間になったサンドワームの背に乗り砂漠を爆走していた。

なにを隠そうこの魔物、アルスの働きかけによって心を開き人間に懐いただけでなく、意思疎通できるメルメルと友達になったことで、砂漠周辺の地帯限定で高速タクシーと化していたのだ。

とはいえ、魔物は魔物。

王都の付近でこれほど巨大な魔物が横たわっていては、危機管理という面から到底容認できない。

よって普段はどこかへと姿を消し消息を絶っていたのだが、なぜかメルメルが「ＦＨＯＯＯＯ！　なのよ！」と雄叫《おたけ》びを上げると、砂漠地帯を爆走して目の前までやってきたのである。

その息の合った動きはまさに、このちびっこ天使と熱い友情を結んだ相棒そのもの。

こんなところでモンスターテイマーの才能を発揮するメルメルに一同は唖然とするが、もっとも驚愕《きょうがく》していたのはもちろん聖女イーシャと剣聖エイン。

どこからどう見ても普通の幼女、いや、ちょっとヤバそうではあるが特殊な能力を持っているとは思えない幼女に、こんなビックリ展開が待っているとは思わないだろうからだ。

聖女はかつてメイドにしようとしていた幼女が実はとんでもない存在だと知り驚愕し、剣聖エインは自らでも正面からでは倒すのに時間を要するであろう魔物を使役する、そのありえない事象に混乱していた。

「あわ、あわわわわ！　なんですかこの巨大な魔物は！　説明しなさいエイン！」

「そんなこと言われましてもお嬢様、俺は別に魔物の専門家じゃありませんし……。というか、え？　俺は夢を見ているのか？」

もはや何が何だかという具合ではあるが、とりあえず移動するだけでも体力を消費する砂漠地帯を一気に抜けられるのはとてもありがたい。

故に驚愕しつつも特に文句を言うことはなく、ただどういうことなのか説明を求めるだけであった。

だがそんなことを聞かれても、剣聖どころかアルスたちにすら答えが出せるはずもなく、メルメルがとにかくヤバい幼女であるということ以外に結論は出ないだろう。

「でも、ちょうどいいや。これだけの速度で砂漠を横断できるなら、そこまで急いで教国へ渡らなくても良さそうだね。向こうの大陸に行ったら、こちらからはしばらく両親に顔見せできないし、一度父さんや母様のもとに帰っておくのもありだよ」

どう思うガイウス、と問い掛ける。

アルスとしては短縮された移動時間があるならば南大陸の拠点へと戻り、一年ぶりの里帰りとしたいのだ。

年齢で言えば今はちょうど成人の時期だし、再び冒険の旅へと出る前の区切りとしたいと考えていた。

「おう。いいんじゃねぇか？　ご主人もエルザ夫人もきっと喜ぶと思うぜ」

「ええっ!?　アルス様の御実家はこの大陸にあるのですか？……どうりで、我が国の周辺貴族に名前がないと思いました」

カラミエラ教国周辺の貴族に下級悪魔の名前が該当しないのは当然だが、そもそも実家が各大陸に一つずつ存在しているのを知っているアルスやガイウスとしては、なんと答えていいものか分からずに苦笑いする。

ここで実は西にある人間大陸や南の亜人大陸だけでなく、まだこちら側の人間が認識すらしていない人跡未踏の東大陸や、同じく船で辿《たど》り着くことができず認識できない北大陸にも拠点があると知ったら、どうなるだろうか。

そんな取り留めもないことを考えつつも、最後にメルメルが「あの人間は恐ろしいのよ……」とだけボソリと呟《つぶや》き、勇者一行は進路を少しだけ変える。

南大陸の拠点が存在する場所は、魔法大国ルーランスと迷宮王国のおおよそ中間ライン。

砂漠を抜けた先に生い茂る大森林のど真ん中なのだが、サンドワームの活躍もあって本来必要な時間を大幅に短縮して辿り着くのであった。

◇

「おお！　ようやく帰ってきたなアルス。友達をこんなに連れてきてくれるとは、父さんも嬉《うれ》しいぞ！　それにガイウス、お前もよくアルスのために尽くしてくれた。今日はゆっくり休んでいけ」

「よく戻りましたアルス。少し見ない間にこんなに大きくなって……。母はあなたの成長を誇らしく思っております」

はい。

どうもみなさん、地獄の下級悪魔こと勇者の父親であるカキューーさんだよ。

今日はなんと、一年前に旅立った我が息子が立派になって帰ってきました。

一緒に旅に出て行ったガイウスとハーデスちゃんを引き連れ、それどころかこんなに沢山の仲間たちを増やして戻って来るとはあっぱれである。

といっても、それぞれがもう顔見知りではあるのだけどね。

ちなみに、アマンダさんとは一応初対面であるため、一応この魔法城の主人ということで先ほど個別に挨拶はしておいた。

というか、もしかしたらこちらの拠点に戻ったりするかな～とはちょっとだけ思っていたが、本当に立ち寄るとは思わなかったね。

これでガイウスのやつには話をつけやすくなるし、アマンダさんとのこれからについて背中を押してやることもできるだろう。

それもこれもチビスケが巨大魔物をテイムしてくれたおかげでもあるので、部下の上司としてはお礼を言わなくてはいけないな。

しかし、どうもこのチビスケは俺に苦手意識を持っているようで、近づこうとするとアルスの後ろに隠れてしまうのだ。

はて、どうしたもんかなぁ。

いったい何が原因なのだろうか。

……いや、記憶にないとかではなく、心当たりがあり過ぎて困っている感じである。

初対面の時はアイアンクローをかまして説教したし、デビルモードを披露した時にはチビスケはぷるぷると震えて錯乱していたしなぁ。

う～む、困った。

「な、なのよ……。恐ろしい生き物があたちを見てくるのよ。きっと目を合わせたら食べられちゃうのかも……」

いや、食べるわけないだろ。

俺をいったいなんだと思って……。

いや、地球次元の下級悪魔はけっこうな確率で生き物の魂を主食としてるわ。

すまん、全面的に俺が悪かった。

許せチビスケ。

あと妙に勘がいいなこいつ。

でもここにいるのは優しさに溢れた下級悪魔のカキューさんだからさ、そんな怖がるなって。

「おう、チビスケ。この前は叱って悪かったな。ほら、とって食ったりしないから出てこい」

「…………」

お、おい！

チラッと見てすぐ引っ込むな！

なんだその独特な幼女戦法は！

「ふふふ。嫌われちゃいましたね旦那様。ほら、こちらにおいでなさいメルメル。私がこのこわ～い旦那様からあなたを守ってあげましょう。よしよし」

「それは僥倖なのよ！」

あ、しかもこいつ、急に元気になりやがった！

うちのエルザママの胸の中で「やっぱり、よしよしは最高なのよね～」とかいってくつろいでやがる！

なんという計算高い幼女なのだろうか、もはやこの下級悪魔より悪魔に適性がありそうなチビスケである。

ま、それはそれとしてだ……。

ちょうどいい。

ここらで一つ、うちの息子の成人祝いをしようじゃないか。

アルスもようやく大人の仲間入りだろうし、俺もガイウスには話さなければならんことがある。

この場を仕切るのはエルザママに任せて、おっさん二人はその辺で酒でも飲みながら語り合いましょうかね。

エルザママが成人祝いのパーティーを取り仕切り、美味《おい》しい料理の匂いに釣られてやってきた火竜《ボールス》や、そんな属性竜の登場に驚いた聖女ちゃんや剣聖エイン君のリアクションにほっこりしつつ。

俺は会場の隅でガイウスと酒を酌《く》み交わし、一年ぶりとなる交友を深めていた。

「しかし、ガイウスもあんな美人さんを連れてくるとは、やるなぁ。いよっ、この色男!」

「がはははは！　やめろやご主人！　照れるじゃねぇか！」

旅の最中では決して味わうことのできない、下級悪魔特製の美味い魔法酒に気分を良くしているのか、既に顔を真っ赤にして酔いが回っているようだ。

おいおい、最初からこんなペースで飲んでたら本題を話す前に酔いつぶれるぞ。

こりゃあ先にこっちから切り出さなければならんみたいだな。

今回俺が伝えたいことは二つ。

一つ目はもちろんアルスをここまで導いてくれたことへの感謝だ。

二つ目は以前から考えていた、アマンダさんとの今後の話。

もしガイウスのやつが今後アマンダさんとの生活を優先するのであれば、残念だがアルスの旅についていくことはできないだろう。

それは、これからどんどん加速するだろう息子の成長についていけなくなってきた二人にも、嫌と言うほどに理解できていることのはずだ。

「ガイウスよ」

「いや、言うなご主人。分かってる。……ご主人の言いたいことは、誰よりも俺が理解している」

「………………。……だよな」

さっそく話題を切り出そうとするも、最初からこちらの言いたいことを全てを察していたようだ。

どうやら、このいかつい見た目に反して実に頭が回る男を相手に、少しおせっかいを焼き過ぎたらしい。

ガイウスは決して、馬鹿じゃない。

そのことは上司であり、それ以上に仲間であり家族である俺が良く理解しているつもりだったのだが、どうにも気に入ったやつのこととなると俺はおせっかいを強めてしまう。

……悪いクセだ。

「それに、答えはもう出てるぜ。俺はこのアルスの成人祝いを最後に、アマンダと世界中を旅して回ることにした。これはアマンダのやつとも話し合って決めたことだ。今まで世話になったな、ご主人」

「そうか。確かにそれは、素晴らしい未来だな。今まで家族として、友人として接してきた者として応援するぞ。それと……」

俺はそっと手を翳《かざ》すと、多少の魔力を込めてガイウスにかかっていたとある魔法を破壊する。

破壊した魔法とは、もちろん奴隷契約のことだ。

奴隷商人であるセバスさんから最高級の戦闘用奴隷として購入して十一年。

一応は上司や部下という関係を保つためにも、今までこの魔法契約は破棄しないままでいた。

だが、それも今日で終わりだ。

もう十分にこの男は俺たち家族のために尽くしてくれたし、何より息子の師匠としてあらゆるものを遺《のこ》してくれた。

だからこそ、そんな他者のために力を振るい続けた最高の戦士が、自分のために旅立とうというこの時に……。

いや、この時だからこそ、こんな魔法契約を破棄するのにちょうどいいタイミングなのだろう。

「行ってこい。今度からは自分のために、アマンダさんのために、……そしていつか生まれてくる子供のために、その力を振るってやれ」

「……ご主人。……おう、任せろよ」

「ああ。それとしばらくしたら、一度顔を見せにこい。お前たちの子供ともども、大いに歓迎するぞ」

最後に拳と拳を合わせ、俺たちはお互いの友情を確かめ合う。

この偉大な男とアマンダさんの子供だ、きっと素晴らしい人間になるだろうな。

それが英雄になるか、はたまた冒険家になるか、他の何になるかは分からないが、この予感は当たる気がするよ。

「よっこらせっと……」

「お、もう行くのか？」

「ああ。ケジメをつける時っていうのは、できるだけ早くさっぱりしていた方がいいからな。ここらでいっちょ、アルスのやつに師匠として最後の置き土産を遺しておさらばするつもりだぜ」

手に大剣を持ち、氷竜装具を身に纏ったその後ろ姿から察するに、恐らく今からアルスに模擬戦を申し込む気なのだろう。

もちろん、既に人間の領域に収まらない今のアルスにガイウスが勝つことは不可能だ。

だが、師匠としての立場で行う立ち合いであれば、まだできることはある。

今までの経験であったり、心構えだったりと、そういったものだ。

要するに今ここで言う最後の置き土産とは、自らを超え得る人間に成長した弟子へ向けた、師匠であるガイウスが行うアルスの卒業式なのである。

また、そんな師匠の気持ちをなんとなく感じ取ったのだろう。

神妙な面持ちで近づいて来るガイウスを見たアルスは、自らも装備を整えて一対一で向き合った。

最高の師匠と最強の弟子。

二人の間に流れる空気感はどこか特別なもので、周りで様子を窺《うかが》っていたハーデスや聖女ちゃん、そして同じく自らの師匠から免許皆伝を受けたこともあるだろう、剣聖エイン君らが黙って見守る。

エルザママやアマンダさんは大人の女性の感性ゆえなのか、今日この日にこうなることを凡《およ》そ察していたのだろう。

どこか納得した様子で微笑《ほほえ》んでいるようだ。

「どうしたのよ？　勇者とガイウスが向き合って、武器を取り出したのよ。今から何が始まるのかちら？」

「ふふ。あなたにはまだ分からないようですね、メルメル。これはある意味、息子の卒業試験なのでございます。きっと、いつかあなたにも分かる時がきますよ」

「へ〜。なのよね〜」

幼女故か、ちょっと空気感についていけてないチビスケがエルザママに質問するが、返ってきた答えに納得がいったような、いってないような、という感じらしい。

とにかく今から大事なイベントが始まるらしい、ということだけは伝わったようだ。

「行くのかい、ガイウス」

「おう。まあ、そういうこった。だからこれは、俺からの最後の置き土産だ。……準備は、って、聞くまでもねぇみたいだな」

お互いに言葉を交わすまでもなく、全てを理解している。

なにせアルスがまだ三歳の頃から、毎日ずっと戦士としての教えを受けて来た家族のような存在なのだ。

いちいち語るまでもないのだろう。

そうして周りが固唾をのんで見守る中、最初に動いたのは――――。

「うぉぉおおおお!! 究極戦士覚醒奥義! スーパーデビルバットアサルトォォオオオオ!!」

「……ッ!!」

――――ガイウス、であった。

本来であれば、目上の存在である師匠が先手を譲るのが筋。

だが、これはそんな師匠を超えたとはっきりさせるための卒業式だ。

もはやどちらが上か下かなどという隔たりは存在せず、ただ純粋に戦士としての全力をぶつけるために、先手必勝で勝負をしかけたのだろう。

かつて俺が錬金した氷竜の大剣を縦横無尽に振り回し、一切の隙もなく巧みに操る姿はまさに人類最高峰と呼ぶに相応《ふさわ》しい動き。

身体《からだ》への反動ダメージを気にせず、全力で魔力を稼働させた後先考えない全力のデビルバットアサルトにより、少しはいい勝負になるかと思われた、その時……。

「今までありがとう、ガイウス。師匠として、家族として、友達として……。本当に色々なことを教わったよ。最後まで僕の目標であろうとしてくれて、ありがとう……」

「へっ、いいってことよ……」

超戦士が全力で発動させたデビルバットアサルトすらも軽々と超越し、黄金の瞳の力でさらに上を行く動きを見せたアルスのブレイブ・ブレードが、ガイウスの首元に突きつけられていた。

最終試合としては、あまりにもあっけない決着。

しかし、この勝利こそがガイウスにとってアルスへの置き土産であるのだろう。

自らの師を超えたと明確にするこの卒業式によって生まれた自信、確信は、今後大きな成長の糧となるに違いない。

二人の師弟の間に流れる温かくも穏やかな空気感は、この終わりこそが最善であり、最良であったと告げているかのようであった。

◇

アルスの卒業式を見届けたその日の夜。

既にこの魔法城を離れ、どこかへと旅立っていったガイツスの背中を思い出しながらも、庭で寛《くつろ》いでいる火竜ボールルスの巨体に腰掛けてコーヒーを飲んでいた。

「全く。あのクソ真面目もやると決まったら一直線だからなぁ」

少しくらいゆっくりしてからアマンダさんと旅立てばいいのに、後ろ髪を引かれないうちにさっさと退散するぜ、とかなんとか言って慌ただしく出て行ったよ。

まあ、気持ちは分からんでもないけどな。

師匠には師匠としての想《おも》いというものがあるのだろう。

アマンダさんもそこらへんは理解のある人だったようで、ガイウスが今日中に旅立つと言った時には、迷うことなく自分もついて行くと言っていた。

全く、仲睦《むつ》まじい二人である。

あの二人の間に第一子が生まれるのが楽しみでならないよ。

それと……。

「夜空に浮かぶ星の数だけ功績はあり、優しい月明かりはあたちを照らしていた……。なのよね～」

「…………」

などと、何を言っているのか意味は分からないが、いつもよりちょっとだけ賢そうな感じで詩を詠みながら、魔法城の拠点の裏側で一人佇んでいるチビスケがいた。

本人は俺に気付いてはいないようだが、この魔法城周辺は全てこの下級悪魔のテリトリーだ。

またなにかやらかさないか不安だったので様子を見にきたが、どうやら今回は物思いに耽《ふけ》っているだけで、特に目立った行動を起こすつもりがないようでよかったよ。

龍脈の力でキャンプファイヤーなんかされたら危ないからな、近くにいるうちは目を離せん。

「ふぅ……。みんなから貰《もら》ったこのメダルにかけて、あたちはここで立ち止まるわけにはいかないのよ」

とまあ、今日のチビスケは安全だと分かったところで、なにやら夜空に金メダルを掲げて真剣な顔で決意表明していた。

本人としては、あの金メダルは自らの誇りそのものといっても過言ではないらしく、どういった事情かは分からんがとても大切にしているものらしい。

功績がどうたらこうたらとか言っているが、詳しい理由は調べてないからよく分からん。

ただこれまでの冒険を振り返り、今までの出来事をまとめた総集編として思い出を掘り返しているのは分かった。

あんなこともあったな、とか。

こんなこともあったな、といった具合に。

だが、そのことに関しては俺も同感だ。

アルスを育てると決意してから本当に色々なことがあったのだから。

チビスケではないが、こいつの持っている金メダルと同じように、下級悪魔にも誇りというものがある。

一度交わした約束は絶対に破らない。

アルスをこの世界で最強で最高に幸せな男にすると、俺はあの村で彼らと約束したのだ。

その約束はまだまだ道半ばではあるが、こうして仲間が増え、師匠を超え、日々を精一杯生きるアルスたちを見ていると俺は思う。

俺はちゃんと、彼らとの約束を守れているだろうかと。

「……なあ、見てるか。老兵のじっちゃん、道具屋のばあさん。村のみんな。アルスのやつ、これからまだまだ立派になるぜ。だからもうしばらく、もう少しだけ見守っていてくれよ」

目を閉じてあの日の誓いを思い出す。

あの赤ん坊をこの世界を救うくらいの男にすると決意した、あの日のことを。

世界で一番幸せな男にすると約束した、村人たちの魂《えがお》を。


――転生悪魔の最強勇者育成計画。


そう。

それこそが、俺の交わした約束《ねがい》の名前だ。

書き下ろし番外編1：謎のちびっこ伝説みらくるっ！

メルメルが千二十四匹に分裂してからしばらく。

ちぇけら、ちぇけら、とリズムに乗って世界中を飛び回るちびっこ天使は、その日のことを思い出していた。

実はメルメルが分裂した個体にはそれぞれ個性があって、とある個体は武術が得意だったり、別の個体はリーダーシップがあったり、はたまた真逆の個体には当たり障りのない考えを持つ個性が見え隠れしたりしていたのだ。

それ自体はメルメル本人、いや、本天使ではないコピー個体の問題であり、既に過去のことだからいいのだが……。

しかし本当の問題はなぜそうなったかである。

自らのことを実に賢い研究肌だと自認している自称エリートのちびっこ天使としては、この謎を解明したくてしょうがなかった。

だから今日も今日とて、こうして「ちぇけらっ」とリズムをつけて思考しているのだが、何日経《た》ってもなかなか結論が出ない。

エリートな天使メルメルの思考でも解決できないなんてと、この大いなる難問に若干の対抗心を燃やしている。

だが、そこでふと気付く。

そう、いつものようにあまりにも突然かつ唐突に、なんの脈絡もなくエリートな直感がささやいてしまったのだ。

「も、もしかちて……」

とんでもないことを思い付いてしまった。

そう言わんばかりの表情で冷や汗を流し、ごくりっと息をのみ確信する。

「エリート天使であるあたちには、実は沢山の可能性が眠っていたってことなのかしら？」

なんと、あの日に分裂した千二十四匹の全てが自分の秘めたるチカラ、才能だったと思ってしまったようだ。

自称でエリートを名乗るだけあって当然のように自信過剰だが、否定する材料がないのも事実だ。

思い付きで得た根拠がない結論のわりに、案外的を射ているのかもしれない。

こんな即興で思い付いたにもかかわらず、自分はあらゆる才能を秘めている天才であるという理論を構築しまうあたり、やはり恐ろしい天使である。

放っておけば、いずれ天使どころか神の座にすら手が届きそうな自信を持っているに違いない。

思い込みもここまでくればあっぱれといったところだろうか。

そうしてここ最近まで頭を悩ませていた難問を突破したメルメルは、その後も自分はどのエリートな才能を伸ばすべきなのかなと自問自答したりして下界での時間をつぶした。

ちびっこ天使の言い分では千二十四匹分の可能性があるわけだから、やりたいことは山ほどあるのだ。

贅沢《ぜいたく》に悩む時間はいくらあっても足りないだろう。

「う～ん。でも、やっぱり一番エリートだったのは本体のあたちね。比較にならないわ」

その上でさらに、最強で最高のエリート天使が今の白分自身であり、やっぱり他の才能は余計だったことが決定する。

今までの自問自答はなんだったのかと言わんばかりの暴論。

かつて、ここまで自分を愛する心を持つちびっこが存在しただろうか。

すくなくとも、下級悪魔が地獄から次元を超えて飛ばされてきたこの異世界にはいないだろう。

「でも、個性や可能性というものへの答えが、だいたい分かっちゃったのよね～。いくらエリートでも、この答えに行きつくにはすぐにはムリ。なんにでも経験は大事ってことなのかちら？」

色々な自分を見られたことで悟っちゃったのかもと、ちぇけらっ、を続けながらさらに理論は飛躍する。

この経験を活《い》かして勇者アルスをかつてない最高の勇者に導けば、もしかして自分の功績になるかもと、本天使はそう思っているらしい。

そしてエリートなちびっこ天使は決意する。

今思い付いたこの理論を、他者で試してみてはどうだろうかと。

他の人も自分の可能性を客観視できれば、きっと成長の役に立つに違いないからだ。

やはり思い立ったら即行動。

百聞は一見に如《し》かず。

論より証拠。

実際にやってみなければ確実とは言えないのだ。

「そのためにはあの時の感覚を思い出して、もう一度可能性というものを観察する必要があるわね～。あたちにあの技がもう一度できるかちら？」

いや、できる。

できないわけがない。

なにせ自分はエリートなんだから当然よねと、かなり意気込んでいるらしい。

だが、よくよく考えてみれば感覚を思い出すだけで魔法陣による分裂が可能になるわけがない。

いくら超直感と超幸運を持つミラクルな天使でも、無理なものは無理だろう。

というより、無理に変なことを望んだ結果、メルメルの超幸運が暴走して何が起こるか分かったものではない。

もしここで世界の安全のために常に様子を窺《うかが》っている下級悪魔が口をはさむなら、そんなヤバい実験をするのは世界のためにもやめておけと言うはずだ。

だが悲しいことに、現在その助言をするはずの下級悪魔は居酒屋でとある魔王と飲んだくれていたのであった。

「どうしたら再現できるかしら?……ムムム」

とりあえず空に浮かび力んでみるが、まだまだウンともスンとも言わない。

「分かったわ。イメージよ。イメージが足りないのよ。あたちが何を望んで分裂するか明確に意識を固めれば、きっと成功するはず」

おやつのリンゴをモシャモシャとカジり、今度こそと意気込みムムムッ、と力む。

すると……。

ぽんぽんすぽぽんっ!

すっぽんぽーーーーんっ!

メルメルの願いに世界が応えたのか、それとも本当にエリート天使としての力が作用したのか、なんなのか。

力んだメルメルの目線が少し高くなり、手足が伸びて、服が少し窮屈になり……。

そう、ちびっこ天使のエリートな願望が実に忠実に反映された、「少し成長した大人のメルメル」がそこには存在していたのだ。

実際には分裂ではなく進化や変身といったものだが、そこは些細《ささい》なこと。

ここで大事なのは、なぜか理想のイメージを固めて力んだら変身できるという、この変態的な直感を持つメルメルの才能だろう。

できると思ったらできる。

そう思い込んだちびっこ天使ほど恐ろしいものはない。

もしかしたら地獄の下級悪魔と同じように、物質よりも精神生命体に近い天使だからこそ、強い願望によって姿を変えたのかもしれないが、さて……。

まあとにかく、謎のちびっこ天使が引き起こした、何の役に立つか分からないミラクルというやつだ。

世界に影響する形ではなく、メルメル本人に影響する形で結果が出てよかったと思うべきだろう。

四天王戦ではちょっとだけ頑張っていたし、もしかして天からのご褒美なのかもしれない。

本天使も水面《みなも》に映った自分の姿を見てはしゃいでいるので、これで良しっ！

「ふぉっ!?　このあたちがナイスぼでぃ～の超絶美女に……？　これがあたちの未来の姿、昇進後の姿だというのかちら？……美しいって罪なのね～」

そして始まる自画自賛。

もはや勇者を導いて功績がどうの～というのは忘れてしまったようだ。

まあ、下級悪魔のように分裂がいくらでもできるちびっこ天使とかは誰の手にも負えなくなるので、こうした形で成功を収めたのは世界の平和につながる。

きっと今頃ようやくちびっこ天使の異変に気付き、急いでこちらに転移してきている下級悪魔もよかったねメルメルと言ってくれるに違いない。

これはそう、謎のちびっこ天使が起こした一番しょうもなく、一番平和なみらくるなのだから。

書き下ろし番外編2：師匠が残したもの

親友であり弟子でもある勇者アルスとの模擬決闘の後。

アマンダと旅立ったガイウスは物思いにふける時間が長くなっていた。

自分は弟子に何を残せたのか。

もっとアイツのためにできることがあったのではないのか。

それとも、ここが潮時なのか……。

だが、それでもと。

一通り物思いにふけったガイウスは未来に思いをはせる。

「たとえできることがあったとしても、これでいい。これでいいんだ。俺がどうこうじゃない。未来は、アイツが、勇者アルスが切り拓《ひら》くものだ。俺ごときが、思い上がるな」

超戦士ガイウスなんて呼ばれちゃいるが、しょせん自分の役目など、まだ不安定だった時期の幼い勇者を守るための盾でしかない。

仲間ができて、成長して、そして何よりあの勇者アルスなら。

自分の余計なお世話なんてなくても世界を救う。

今までの時間で培ってきた弟子への信頼感から、ガイウスは本気でそう思っていた。

「そうだろう。アルス……」

きっと、そうに違いない。

きっと……。

自分の不安など思い上がりだと、無理やりにでも思っていなければ立ち去ったことへの後悔が押し寄せてしまう。

本音では、あの魔法城での決闘に負け、そのまま立ち去ることに少しの後悔がないと言えばウソになる。

だが時は過ぎた。

ここはもう身を引くべきだと自分に言い聞かせるように、ガイウスは後ろ髪をひかれる思いをひっこめるしかないのだ。

今さらノコノコと戻れるわけがない。

本来であれば彼の思いはここで完結していただろう。

だが、今回はそこに待ったをかける者がいた。

そう、彼と共に旅立ったアマンダの存在だ。

「な～に辛気臭い顔して、面倒くさい独り言を呟《つぶや》いているのかねぇ、アタシの惚《ほ》れたこの男は」

「だがしかしな、アマンダ……」

「ああん？　な～にが、だがしかしなぁ、だって？」

発破をかけるも、少し情けなく言い募るガイウスにアマンダは語気を強めてさらに言い返す。

「ばっかだねぇ男ってのは！　だがも、しかしも、何もあるもんかい！　アンタはあの子たちの仲間だろう!?」

それだけじゃない。

アマンダはさらに語気を強めながら言い募る。

「いくら強くとも、今後もずっと順調にこのままってワケじゃない。いざって時は、必ずくるもんさ。その時にここぞとばかりに助けてやればいいじゃないか。そのための絆《きずな》、そのための力だろう？　それに……」

それに、それがアタシの惚れた男。

S級冒険者を超える最強の冒険者。

超戦士ガイウスだろう？

アマンダは断言して不敵に笑う。

相棒であるガイウスに示すように仁王立ちで語る姿は、かつて見たどんな美女よりも誇り高く、美しく、最高の女であると、そうガイウスの眼《め》には映る。

「……いざって時か。そうか。そうだな。そりゃそうだ。どんなやつにだって戦い続けてりゃ、いつだってそんな時が来る。はっ、馬鹿だなあ俺は。そんな冒険の心得も忘れちまったのかよ」

「ふんっ……。分かりゃあいいんだよ、分かりゃあね」

少しだけ元気を取り戻したガイウスを見て安心したのか。

口をへの字に曲げたアマンダは、それでもどこか嬉《うれ》しそうな表情でそっぽを向く。

柄にもないことをしちまったかねぇと、照れ隠しで言う言葉さえ、心の芯の部分で優しさに満ち溢《あふ》れていたのであった。

◇

ガイウスが去ってからしばらくした後の、魔法城にて。

魔法城のベランダで、少し寂しそうに師匠の去って行った方角を見つめているアルスに対し、ハーデスはガイウスのことについて尋ねていた。

「いいのかよアルス、師匠だったたんだろ。なんだ、その……。もっと一緒にいたいとか、そういうのないのか？」

「そうだね……。ないわけではないよ。でも……」

思わず弱音が出ぬよう少しの間を作り、もう一人前であると認めてくれた師匠の顔に泥を塗らぬよう、ゆっくりと言葉を選び紡ぐ。

「でも、これでいいんだ。だってガイウスは僕を信じてくれたから。それにね、ガイウスは僕たちが本当の本当に窮地に陥ったら、絶対に駆けつけてくれる。僕が知ってる最高の師匠は、最強の冒

険者である彼はそういう男だよ」

親友にして師匠である男に対する、決して揺るがぬ信頼。

そのことにわずかな嫉妬を覚えつつも、アルスがそう言うならとハーデスはそれ以上は言い募らない。

ちょうど先ほど、突然現れたちびっこい天使に「しつこい女は嫌われるのよね～、アドバイスかしら？」とアドバイスを受けていたからだ。

ハーデスはけっこう雑談をマジに受け取るタイプであった。

「そうかよ……。なら、いいんじゃねーの」

「うん、ありがとねハーデス。思いやりが嬉しかったよ」

「うぇっ!?　え、えへへへ……。そ、そう？」

しかし一瞬にして表情が溶けて崩壊。

不意打ちで優しい言葉を貰《もら》い、脳内で桃色の妄想を繰り広げ始めるハーデスを他所《よそ》にアルスはふと考える。

確かに師匠であるガイウスは去った。

だが、何も残らなかったわけではない。

ガイウスからは時に技を教わった。

またある時は倫理観、価値観を教わった。

だが、もっとも彼から学びを得たのは、何よりも信じる心だ。

そんな風に、師匠である彼が今まで残してくれたものがあるおかげで、こうして今も揺るがずにいられる。

それが勇者アルスにとって……。

いや、ただ一人の人間として、何よりも大きな財産なのだと改めて理解したのだ。

「僕は強くなるよ、ガイウス。力でも技でもなく、この心こそで」

勇者の力であるブレイブエンジンは、心が折れなければ際限なく強くすることができる。

だからこそ、本当に勇者アルスに必要なものが何かと問われれば、それこそ心の強さだ。

これはいずれ世界をまるごと救い、歴史上でも他の追随を許さぬ最強勇者として語られる、そんな勇者が成長するきっかけの一つ。

たとえここに居なくとも、勇者の師匠が残したもの。

それは、とてつもなく大きなものなのであった――。

書き下ろし番外編3：いつか、いつの日か

ある日、ある時、とある時代の魔法城にて。

下級悪魔ことカキューは珍しくも強烈な眠気に襲われていた。

基本的に肉体の構造が物質よりも精神生命体に近い悪魔としては、眠気というのはあまり頻繁に訪れることがないはずのもので、はっきり言って懐かしい感覚だ。

もはや二千年も昔になる、人だった頃に近い感覚と言えよう。

そのことに若干の違和感を覚えつつも、かといって眠気には抗《あらが》えずに自室のソファに寝転がる。

外敵による精神攻撃ではないことは下級悪魔にはお見通しだったので、ここぞとばかりに心地よい眠りにつくつもりらしい。

なんだかんだといって、下級悪魔としても久しぶりの睡眠。

もしかしたら本気の眠気に襲われるのは、この世界に来てから初めてなのではなかろうか。

そうして眠りにつくと、いつの間にか夢の中で自分自身の背中を見つめる、不思議な感覚を味わっていた。

夢の中での彼は近しい者たちの輪に囲まれ、幸せそうに笑っているようだ。

彼を囲む者たちの中心にいるのは、優しくも誇り高く偉大な勇者に成長した息子である、アルス。

そして息子アルスへ寄り添うように隣にいるのは、真っ赤な髪の毛が特徴的なハーデス。

他にも、今はまだ子供たちと言っても差し支えのない者たちの成長した姿や、逆に年老いて老齢に差し掛かったガイウスたちの姿なんかも垣間見《かいまみ》える。

もっとも、ちびっこ天使のように今も昔も変わらない変な生き物は例外的に存在していたが。

それはともかく。

何より極めつけは、息子アルスたち二人の間に挟まれる形で照れくさそうにしている、見知らぬ子供たちだ。

今のアルスと同じくらいに見える少年に、その仲間と思わしき小悪魔的な少女と、精悍《せいかん》な顔立ちをした少年、そして知的な少女。

誰もかれもが他人事《ひとごと》とは思えないほどに、言葉では表せない自分との絆《きずな》のようなものを感じてしまう。

夢の中の下級悪魔である彼は、そんな彼らの輪の中で満足したように優しげな笑みで見守っている。

これはいったい何なのか。

悪魔に転生した彼が久しぶりに見るただの夢なのか、それとも……。

そう思ったところで、どこか人として大きな成長を遂げたように見えるアルスが、夢の中の彼に向けて口を開いた。

——父さん……。

——父さん、そこにいるんですよね。

夢の中で笑う自分に向けてではなく、まるでこの光景を見ている今の自分に届かせるように、感謝の言葉を紡ぐ。

——いつか、いつの日かの父さんへ、どうかこの言葉を受け取ってください。

勇者の息子は語る。

——僕に仲間たちとの絆をくれて。

一言一句、万感の思いを込めて。

——戦うための力をくれて。

今の自分を示すように。

——大切なことを余すことなく伝えてくれて。

何もかもを噛《か》みしめるように。

——幸せな未来へと導いてくれて。

言葉を重ねる度にくしゃくしゃになる満面の笑みからは、自然と涙が零《こぼ》れ落ち。

それでも止まるものかと、言葉を絞り出す。

——本当の本当に、ありがとう、……ございます。

——僕は今、幸せです。

そう言い切った息子アルスの表情は、確かに、笑顔なのであった。

……これはしょせん、下級悪魔たる彼が見た夢の世界。

本来は音も何も聞こえないはずの空間で、なぜか伝わった意思に過ぎない。

もしかしたら、一時のまやかしかもしれないのだ。

だが、父である彼にとってはそれでも目を逸《そ》らすことのできない、一つの結末。

何にも代えがたい真実の言葉である気がしたのだった。

◇

「むっ……。しまった、長らく寝落ちしていたな」

珍しく、妙に現実感のある夢を見ていた。

アルスのやつが立派に成長して、俺を超えるくらいの偉大な勇者になって、大人になって、子供まで作った幸せな未来の、そんな夢だ。

まさに予知夢のような何かだったが、真相は何も分からない。

やはり魔法的な干渉をされた形跡はないが……。

「まあ、いいか」

これが予知夢であろうとただの妄想であろうと、何であろうと。

どう見積もっても悪い未来には見えなかったし、妄想なら気にするだけ無駄だ。

であれば、いやあ～楽しい光景だったなと少しオトクな気分でいるのが下級悪魔流。

ぶっちゃけ、世の中なるようにしかならないのである。

というかそんなことより！

息子アルスが夢の中のアイツみたいに立派な人物になれるよう、新たな試練を考えなくては。

最近ではブレイブエンジンとかいう己が秘めた力を使いこなし始めて、けっこういい線いっているからな。

鉄は熱いうちに打てだ。

調子のいい時にこそ試練は必要なのである。

何より今のアルスでは超えられない壁がまだまだこの世界には多く存在する。

一対一で戦えば本気を出した魔王のおっさんには及ばないだろうし、立ち向かうだけの経験も心構えも足りない。

これでは魔王のおっさんの溺愛するハーデスちゃんを力ずくで奪いとるなど、それこそ夢のまた夢である。

いわば、出直してこいというやつだ。

故に、一に試練、二に試練。

試練に試練に試練を重ねて息子アルスの本気を引き出しきって進ぜよう。

なーに、それだけのポテンシャルはアイツにはある。

ようはきっかけが足りないだけなのだ。

ちょっと刺激を与えてやれば、すぐに漫画の主人公のごとく覚醒してしまうに違いない。

俺には分かるよ。

こうして決意も新たに。

悪魔らしからぬ平穏で幸せな光景を思い出し、さりとて悪魔らしい狡猾《こうかつ》な笑みでケタケタと笑い転げていると、次々に妙案が浮かんでくる。

あんな手やこんな手や、はたまた人質作戦で俺と一対一の決闘を演出するのもいいな。

「ククク……、ハァーーハッハッハ！　待ってろよアルス！　父ちゃんは今超絶に気分が乗ってい
るぞぉ！」

フハハハハハ！

その勇者としての最強のポテンシャル、この俺が完全に引き出しきってやるぞ！

覚悟するんだな、我が息子よ！

……それにしても、ありがとう、ね。

アルスのやつ、大人になっても肝心な時に泣き虫のままだったな。

それだけは、未来の俺でもどうしようもなかったか。

全く、世話の焼ける最高の息子だぜ。

◇

これは、いつか、いつの日か。

そんな未来の光景に気分を良くした下級悪魔の、いつもとは違う一時。

もしかしたらあったかもしれないという、あやふやな世界線の未来ではなく。

本当はわりと実現しそうな未来なのではないかと気付いている下級悪魔の、ちょっとした悪だくみの一幕なのであった。

この下級悪魔こと地球からの転生者にして転移者。

勇者の父親であるカキューという男は、何を隠そう、実は明るい未来が大好きなのである。

あとがき

皆さんお久しぶりです、たまごかけキャンディーこと、たまかけです。

前回から少し期間が空きましたが、ついに満を持して第三巻発売となりました。

そしてこの小説版である「転生悪魔の最強勇者育成計画３」の発売と同時に、コミカライズの第一巻が発売されたことも嬉《うれ》しく思っております。

コミカライズは独自の展開で小説版のストーリーを掘り下げており、原作者であるたまかけも感嘆するほどの出来栄えとなっておりますので、ぜひ手に取っていただけると幸いです。

画力がダイレクトに面白さに直結していて、読んでいて感情移入できること間違いなしです！

また、それはそうと小説版も負けてないので、今作の見どころについてもお話しいたします。

こちらもイラストレーター様のお力添えにより、各キャラクターたちの成長した姿が描写されているのがとても印象的でした。

個人的にも、前のお話から数年後の世界ですので当然ではありますが、青年に近づいていくアルスのデザインがぐっと心に来ています。

アルスが様々な経験を経て成長していく姿を、デザインやストーリーを通じて読者様にも気に入ってもらえると、原作者としてはなにより幸せです。

ちなみに、カキューーさんはいつも通り平常運転なので、相変わらず無双しておりますね……。

もうこの主人公こと下級悪魔さんについては言うことはないです。

はい、最強です。

でもノリが軽い、だがそこがいい。

という感じで受け止めてもらえばなと。

そんなこんなで、勇者アルスの成長とカキューの無双、そしてメルメルの大暴走を描いた第三巻でした。

もしこの作品が次巻に繋《つな》がることがあるならば、いよいよストーリーも大詰め、最後の最後となりますので、ぜひご期待ください。

たまかけ個人としても結末を描き切りたい思いでいっぱいです。

応援のほど、よろしくお願いいたします!

それでは、また。

転生悪魔の最強勇者育成計画 3

発　行　2024年4月25日　初版第一刷発行

著　者　たまごかけキャンディー

イラスト　長浜めぐみ

発行者　永田勝治

発行所　株式会社オーバーラップ
〒141-0031
東京都品川区西五反田8-1-5

校正・DTP　株式会社鷗来堂

印刷・製本　大日本印刷株式会社

ISBN　978-4-8240-0798-8 C0093

【オーバーラップ　カスタマーサポート】
電　話　03-6219-0850
受付時間　10時～18時（土日祝日をのぞく）

作品のご感想、ファンレターをお待ちしています

あて先：〒141-0031　東京都品川区西五反田8-1-5 五反田光和ビル4階　ライトノベル編集部
「たまごかけキャンディー」先生係／「長浜めぐみ」先生係

スマホ、PCからWEBアンケートにご協力ください

アンケートにご協力いただいた方には、下記スペシャルコンテンツをプレゼントします。
★本書イラストの「無料壁紙」　★毎月10名様に抽選で「図書カード（1000円分）」

公式HPもしくは左記の二次元バーコードまたはURLよりアクセスしてください。
▶ **https://over-lap.co.jp/824007988**
※スマートフォンとPCからのアクセスにのみ対応しております。
※サイトへのアクセスや登録時に発生する通信費等はご負担ください。

オーバーラップノベルス公式HP ▶ **https://over-lap.co.jp/lnv/**

コミカライズも
大好評!
「小説家になろう」で
絶大な人気を誇る
人外転生
ファンタジー!!
最弱《スケルトン》から進化でめざす
最強冒険者!
丘野 優
イラスト: じゃいあん
望まぬ不死の冒険者
いつか最高の神銀《ミスリル》級冒険者になることを目指し早十年。おちこぼれ冒険者のレントは、ソロで潜った《水月の迷宮》で《龍》と出会い、あっけなく死んだ――はずだったが、なぜか最弱モンスター「スケルトン」の姿になっていて……!?
OVERLAP
NOVELS

追放先の領地は未開の大森林……
でも異質の才覚で
大発展!?
OVERLAP NOVELS
コミックガルドにて
コミカライズ!!
エノキスルメ
Illust. 高嶋しょあ
ひねくれ領主の
幸福譚
性格が悪くても
辺境開拓
できますうぅ!
大貴族の父と愛人の間に生まれた不義の子・ノエイン。蔑まれてひねくれた性格に育った彼は軟禁生活の末、屋敷を追い出される。実家と縁を切る代わりに彼が与えられたのは、王国辺境の飛び地と領主の座。しかし辺境は未開の大森林が広がるだけの土地で……!?

Lv2から
Chillin Different World Life
of the EX-Brave Candidate was Cheat
from Lv2
チートだった元勇者候補のまったり異世界ライフ
Story by Miya Kinojo
鬼ノ城ミヤ
Illustrations by 片桐
シリーズ好評発売中!
型破りな無敵夫妻の異世界ファンタジー!
OVERLAP NOVELS

OVERLAP NOVELS
死ぬ運命にある悪役令嬢の兄に転生したので、妹を育てて未来を変えたいと思います
~世界最強はオレだけど、世界最カワは妹に違いない~
泉里侑希
ill.タムラヨウ
「やはり、お兄さまは最強です!」
コミックガルドにて
コミカライズ!
剣と魔法の“乙女ゲーム”世界の伯爵令息に転生した元日本人のゼクス。彼は幼き妹
カロンを溺愛していたが、悪役令嬢のカロンはすべてのルートで必ず死ぬ運命。
ゼクスは運命を変えるべく、前世の知識を駆使して世界最強への道を歩み出し——!?

OVERLAP NOVELS
現代社会で乙女ゲームの悪役令嬢をするのはちょっと大変
It's a little hard to be a villainess of a otome game in modern society
二日市とふろう
[イラスト] 景
「北海道開拓銀行を買収するわ」
好評発売中!!!
2008年9月15日、リーマンショック勃発。
とある女性もまた時代の敗者となり——そして、現代を舞台にした
乙女ゲームの悪役令嬢に転生!?
持てる知力財力権力を駆使し、悪役令嬢・桂華院瑠奈はかつての
日本経済を救うため動き出す。

第12回オーバーラップ文庫大賞
原稿募集中！
イラスト：じゃいあん
【締め切り】
第1ターン 2024年6月末日
第2ターン 2024年12月末日
各ターンの締め切り後4ヶ月以内に佳作を発表。通期で佳作に選出された作品の中から、「大賞」、「金賞」、「銀賞」を選出します。
その物語は、
きっと誰かが
好きな物語。
【賞金】
大賞…300万円
（3巻刊行確約＋コミカライズ確約）
金賞……100万円
（3巻刊行確約）
銀賞………30万円
（2巻刊行確約）
佳作………10万円
投稿はオンラインで！ 結果も評価シートもサイトをチェック！
https://over-lap.co.jp/bunko/award/
〈オーバーラップ文庫大賞オンライン〉
※最新情報および応募詳細については上記サイトをご覧ください。
※紙での応募受付は行っておりません。